LA ENAJENACIÓN MENTAL DEL AMOR

LA ENAJENACIÓN MENTAL

DEL AMOR

BEATRIZ VIDAL CORTIJO

2014

Título original: *La enajenación mental del amor*
© **Beatriz Vidal Cortijo**
Todos los derechos reservados
E-mail: beatrizv.alicante@gmail.com
Primera edición: marzo 2014
Editado por *Tiempo Cero Ediciones*
Corrección: Paula Di Croce
Diseño de cubierta: Javier Orrego C.
Registro de Propiedad Intelectual (provisorio) N° TS79-14
ISBN: 978-84-695-9602-9

INFO ABOUT RIGHTS

Contenido

Siempre la misma historia, ya no existe el sexo sin sentimiento. Tan sólo por el mero hecho de ser mujer, te encasillan y te meten en el mismo saco. Un hombre puede actuar de ese modo. Una mujer, ¡impensable! Es su juego. Intentan camelarte; tú les sigues el rollo; te llevan al hotel; te haces la sumisa; se lo trabajan bien (unos mejor que otros); les das indicaciones de cómo lo tienen que hacer para darte placer; eyaculan; tú ya has terminado un par de veces antes que ellos. Y cuando piensan que vas a abrazarlos, mirarles a los ojos y decirles: *te quiero*, te levantas, te vistes, te enciendes un cigarrillo y les das las gracias, concediéndoles una leve sonrisa, tras la cual, abres la puerta y te vas. No falla, siempre te vuelven a llamar. Es todo un reto para el sexo masculino. Piensan que la próxima vez caerás en sus redes y lo intentan sin descanso, una y otra vez. Te conocen mejor y te hacen gozar con la única finalidad de verte rendida a sus pies, suplicándoles mediante gemidos por otro polvo y acabando con un tierno: *te quiero*.

Insensatos, os pensáis que somos todas iguales, que estamos cortadas por el mismo patrón. ¡Qué equivocados estáis! Después de un mes, os tenemos comiendo de la mano, es más, hacemos con vosotros lo que nos da la real gana. Lo mejor de todo es que la mujer siempre ha estado, está, y seguirá estando un escalafón por encima del hombre, aunque nunca lo llegaréis a admitir. Os corroe el ego. Os mata la mera idea de pensar que somos superiores. Y lo sabéis, pero admitirlo sería bajarse los pantalones. Os manipulamos, os hacemos babear con un conjunto de lencería y unas botas de caña alta y tacón de aguja, poniéndole la guinda final con el liguero. Os ponéis a aullar como perros.

Os dejáis pisar, abofetear... ¿Para qué queremos mascota las mujeres si os podemos tener a vosotros con tan sólo un chasquido de dedos?

Concluyendo, una mujer llega a su plenitud con un buen trabajo, un hombre para cada día de la semana, y ante todo, las buenas amigas.

En esos momentos podía afirmar que era una mujer plena en todos los sentidos. Soy escultora y mis obras eran de las más cotizadas en todo Londres. Vivía en Wiltshire, en una acogedora casa de campo con un gran jardín y una de las puestas de sol más bonitas de toda Inglaterra. No tenía mascotas, pero tenía a Ted los lunes, un virtuoso con el piano; los martes estaba Giovanni, un poeta italiano que me deleitaba con sus versos; los miércoles tenía a Jacob, uno de mis modelos; los jueves, a Antonio, adrenalina al volante y un pura sangre español; y los viernes, al dulce James... una larga historia.

Pensaréis que me faltaban dos para completar la semana, pero no, mi balanza se inclinaba por reservar un par de días para los amigos. Me podríais llamar frívola, a lo mejor a vuestros ojos lo era, pero no me identificaba con el tipo de persona que busca la monogamia, o quizás, no había llegado la persona adecuada a mi vida... no lo sé.

Era viernes, las ocho de la tarde y James me esperaba en la calle. Lo podía ver desde la ventana de mi estudio. Llevaba puesta la misma chaqueta vaquera que había usado el primer día que se decidió a invitarme una copa. Estaba impaciente, rodeaba la farola y andaba de un lado a otro de la acera haciendo figuras a su paso. Estaba tan ensimismado pensando en lo que iba a decirme que ni se había percatado de que hacía un buen rato que estaba observándolo.

El bueno de James... nunca cambiaría.

JAMES

Respira hondo, James. ¿Cuándo aprenderás a comportarte como una persona normal con Amanda? Seguro que piensa que soy retrasado o algo así. No puedo gesticular palabra cuando la tengo delante, es tan... tan... Su presencia me abruma, y con el paso de los años aún más. No sé si seré capaz de decirle algún día lo que siento por ella. No puedo, imposible. Me rechazaría. Seguro que se reiría de mí. No me tomaría en serio, seguro que haría el ridículo. Ella es inalcanzable. Siempre supe que me tendría que conformar con su compañía. No tengo nada que hacer. Está ese tal... Ted, que la tiene loca con su piano, y... esas llamadas todos los martes por la mañana para contarme con pelos y señales sus noches armónicas. ¡Me dan arcadas! Sé consciente, James, no tienes nada que hacer. Eres su confidente, nada más. Cada vez que suena el teléfono por las mañanas, intento no cogerlo, pero veo su nombre en la pantalla... ¡Cobarde, no tienes agallas! Nunca las has tenido. Podrías ser tú el que duerme con ella por las noches, el que le toca el violín, el que le lee poesía... Pero no, sigues en la sombra, y así seguirás el resto de tu vida. Aunque hemos crecido juntos y moriremos juntos, lo sé. La sorprenderé, algún día la sorprenderé y se dará cuenta de que existo. Ese día seré el hombre más feliz sobre la faz de la Tierra, y todo este tiempo habrá merecido la pena.

—¡James!

Ahí está, tan guapa como siempre. Me va a dar un infarto. Haz el favor de controlarte y de no tartamudear, ¡por Dios! Hoy puede ser el día. Quizás hoy...

—Hola, James, ¡qué guapo estás!

—Tú... tú... tam... también. (Otra vez no, por Dios).

—Gracias. ¿Con qué me vas a sorprender hoy?

—Tú... tú... si... sígueme. (Pero ¿cómo se va a fijar en mí?, soy ridículo. Ya se está riendo, aunque no me importa, está preciosa).

—¡Vale, vale! A sus órdenes. ¿En tu coche o en el mío?

—E... e...

—Veo que en el tuyo, ya puedes parar de mover las llaves, James. Pues en marcha, está anocheciendo y tengo frío. ¡Vamos!. (Está tan gracioso cuando tartamudea. A ver lo que me tiene reservado hoy).

Tenía el coche a tan sólo unas calles de mi estudio. Lo tomé de la mano y, literalmente, lo arrastré tras de mí hasta estar dentro de lo que James llamaba "su Billy", un Land Rover de color gris metalizado con más de treinta años de antigüedad, cuyas puertas parecían caerse a pedazos comidas por el óxido. En más de una ocasión le había dicho que ya era hora de cambiar de vehículo, a lo que siempre respondía con un rotundo NO. Y no es que no se lo pudiera permitir, no, es que no le daba la real gana. Le tenía igual aprecio, o más, que a su propia madre. Su trabajo le permitía comprarse un buen coche.

Siempre me apasionó su profesión, cada vez que me encontraba con él y le miraba a los ojos, me preguntaba qué tipo de atrocidad habría vivido o visto aquel día. Trataba con los más peligrosos, con locos que descuartizaban a la gente y luego se las comían o les metían cosas por los ojos para ponerles su sello de identidad. Realmente no sé cómo podía conciliar el sueño por las noches. Alguna vez me había inmiscuido entre sus papeles, topándome con fotografías no aptas para la retina humana. Las pesadillas me duraban meses enteros.

Lo habían ascendido, ya era inspector de homicidios. Él siempre lo había tenido muy claro, quería limpiar las calles de Wiltshire. Solía decirme que lo hacía por mí, por protegerme, que no podría soportar que alguien me hiciera daño; y ¿qué mejor manera de hacerlo que convertirse en la ley? Siempre me sobreprotegía y si había tenido algún altercado con el típico aguafiestas un viernes por la noche, al día siguiente le daba su merecido. Era realmente gracioso, ninguno de sus contrincantes le tomaba en serio. Su baza secreta era su tartamudeo, despistaba a sus adversarios que se quedaban petrificados tras recibir un buen derechazo y perder un par de dientes. Su táctica de despiste era infalible. Le apodaron "el tarta", y pasó de recibir insultos a ser temido.

Nunca habíamos sido pareja, pero sí mejores amigos, tanto para lo bueno como para lo malo.

14 de Septiembre del 2004. Yo tenía por aquel entonces veintiocho, aún vivía en casa y adoraba a mis padres. Era su única hija y me habían criado entre nubes de algodón. Nunca me había faltado nada, tenía más de lo que cualquier adolescente hubiera podido desear. Y cuando comenzaba a asentarme como escultora, mis padres decidieron alquilar un estudio para que tuviera mi espacio en Reading, una ciudad a una hora de casa y a unos cuarenta minutos de Londres, lo que me permitía cenar con ellos casi todos los días. No podía pedirle nada más a la vida.

Aquel lunes regresé a casa después del trabajo y no los encontré allí. Las copas de los árboles del jardín rugían con fuerza. Entré en la cocina y comencé a cocinar, quería sorprenderles y que tuviesen la mesa puesta para cuando regresaran. El viento seguía rugiendo y el sonido de las ramas que rechinaban en los cristales se mezcló con el del timbre de la puerta. Salí corriendo, pensando encontrarlos tras ella, pero al abrirla, me encontré de bruces con dos inspectores de policía. El alma se me cayó al suelo. Habían tenido un accidente de coche, ninguno de los dos había sobrevivido. Sus palabras sonaron como un mazazo que me desplomó.

Unos minutos después, James estaba a mi lado, y así había permanecido hasta ese día. Os mentiría si dijera que todo había sido idílico desde entonces. Como cualquier matrimonio, habíamos tenido innumerables altibajos, pero allí seguíamos, como cada viernes, en su destartalado coche rumbo a algún lugar. De lo que no me cabía la menor duda era que, seguro, sería otro día inolvidable.

—¿Dónde vamos, James?

—Ni... ni... te lo imaginas.

—¿Nos vamos de acampada?

No me contestó, simplemente se echó a reír y continuó conduciendo con la vista clavada al frente. Eché una ojeada más detallada a lo que llevaba en la parte trasera. A simple vista, pude observar dos sacos de dormir, una tienda de campaña, unas mantas, dos linternas y una nevera de playa. Algo tenía claro, no dormiríamos en casa, pero ¿dónde?

Nos dirigíamos a Wiltshire por la misma carretera que cogía casi cada día para ir al estudio. Teníamos cerca de una hora de camino, me acomodé como pude en el agujereado asiento, cerré los ojos y me dejé llevar por la dulce melodía que sonaba en la radio. De vez en cuando, le miraba de reojo e intentaba hacerle preguntas, pero James me respondía negando con la cabeza, así que desistí y volví a cerrar los ojos. Dejé la ventanilla entreabierta para que la brisa me acariciara el rostro. Siempre lo hacía, estuviera lloviendo, nevando o hiciera un frío ártico, el olor era siempre el mismo. Ese aroma a rocío, a tierra húmeda y brozas de pino. Esa mezcla que, aun teniendo los ojos cerrados, dibujaba en mi mente un frondoso bosque, y que se intensificaba a la entrada del pueblo, donde los riachuelos discurrían entre los abetos y la tierra era más húmeda. Pero tras casi una hora de trayecto, dejé de percibirlo. El coche dio un giro repentino y el constante traqueteo zarandeó mi cabeza de un lado a otro. Automáticamente, abrí los ojos. Podía ver el pueblo en lo alto de la ladera justo a mi derecha y, frente a nosotros, la luz anaranjada del atardecer nos mostraba la cara más bella de las enigmáticas ruinas de

Stonehenge. Las había visto cientos de veces, pero nunca dejaban de asombrarme.

—Nunca dejará de sorprenderme. Creo que es uno de los sitios más bonitos del mundo. ¿Tú no?

—Sí.

Nos quedamos mudos, inmersos en aquella visión mientras el coche avanzaba lentamente por una angosta carretera secundaria, hasta que un brusco frenazo nos trajo de vuelta a la realidad. Milagrosamente, James había reaccionado a tiempo y había puesto el pie en el freno antes de que nos hundiéramos en el lago que había quedado a tan sólo unos centímetros de la rueda delantera.

—Ha faltado poco, ¿eh?

No pude evitar estallar en carcajadas. La cara de James parecía un cuadro. Tenía los ojos fuera de sus órbitas y su voz era un hilo a punto de quebrarse.

—Si quería deshacerse de mí, creo que ha pasado por alto algo muy importante, inspector.

—¡E... e... qué?

—Que tú aún estás dentro del coche. —Tuve que abrir la puerta y salir corriendo, si no quería morir estrangulada en manos de James.

—Muy gra... gra... ciosa. ¡A ver si al final te caes al lago y te ahogas tú sola!

—Vale, vale, ya paro.

Obviamente, no le había hecho mucha gracia mi comentario. Rodeé el coche y me quedé al otro lado de su ventanilla. Agarré la manivela de su puerta con fuerza para impedir que saliera en mi busca y esperé unos segundos, cuando la expresión de su cara había cambiado y la sonrisa reapareció en su rostro, abrí la puerta y le dejé salir

—¿Dónde quieres la tienda? Creo que si la ponemos justo aquí

—dije señalando un llano que estaba junto al coche—, mañana veremos un amanecer precioso.

—Me, pa... pa... parece bien.

—Pues manos a la obra, y quita esa cara de susto que estamos vivitos y coleando. ¡Pues menudo inspector estás hecho tú!

Le ayudé a salir del coche y nos quedamos unos minutos contemplando el precioso cielo anaranjado antes de ponernos manos a la obra. En menos de media hora lo teníamos todo preparado. Devoramos los *fish and chips* y, tras batallar con unos cuantos mosquitos del tamaño de rinocerontes, James se levantó y me hizo ademán de que le siguiera. Rodeamos el lago y seguimos ladera abajo, dirección a las ruinas. La Luna brillaba por su ausencia aquella noche, y no veíamos nada más allá de donde alcanzaban los focos de nuestras luces. Las suelas de mis zapatos se quedaban adheridas a la tierra mojada que había bajo el fino manto de hierba. Olía a humedad, una humedad que te traspasaba la ropa y te llegaba a los huesos. Me hubiera agarrado a James para entrar en calor, pero no quería crearle falsas esperanzas y me froté las manos con fuerza. Rebusqué en los bolsillo de mi chaqueta, quizás encontrara algo, unos guantes, un gorro, ¡algo!, pero como siempre, los había vuelto a olvidar.

—James, por casualidad, ¿no tendrás...?

—Ya estabas tardando en pedírmelos.

Extendió la mano, me ofreció unos guantes de cuero negro y, tras hacer una breve parada, continuamos hacia las ruinas. A cada paso, el palpitar en mi pecho se aceleraba más y más. Nos quedaban tan sólo un par de metros, y cuando levantamos la mirada del suelo, ahí estaba, erigiéndose ante nosotros el enigma de todos los tiempos. Ya desde pequeña sentía fascinación por aquel lugar que llevaba en aquel enclave unos cuatro o cinco mil años, desde el periodo neolítico, pero... ¿quién había construido aquel santuario? y, ¿con qué propósito? Sólo tenían hipótesis. Los historiadores piensan que los druidas llevaban a cabo sacrificios humanos como ofrenda a seres del más allá; y en torno a la distribución concéntrica de las cuatros circunferencias que lo conforman, se cierne una leyenda. Enterrados bajo cada uno de los bloques de piedra, exceptuando cinco de ellos, se encuentran los cuerpos de almas puras, las cuales, una vez terminados todos los sacrificios, dotarán del poder para dar marcha atrás al fin del mundo a la persona que logre dar con las cinco almas restantes. Este acontecimiento, según un escrito encontrado por unos arqueólogos de la prestigiosa Universidad de Cambridge en un pequeño pasadizo subterráneo no muy lejos de la estructura, sucederá el 14 /14 / 2014. Sí, 14 del 14. Lo mismo pensaron las personas que hallaron el manuscrito, y es que según sus creencias, el año 2014 tendría 14 meses, tras los cuales, la humanidad desaparecería de la faz de la Tierra, envuelta en una espiral absorbida por el epicentro terrestre. Tras el hallazgo, y muchos años de devanarse los sesos, innumerable expertos han estado investigando la procedencia de dicho escrito sin llegar a ninguna conclusión. ¿Que si creo en ello? Rotundamente, sí. Creo que la humanidad tiene los días contados ¿Si me asusta pensar que nos quedan dos días? Rotundamente, no. Creo que nos hace falta un lavado de cara, y creo, firmemente, que nos espera otro mundo en algún lugar.

—¡Aún sigues creyendo en aquella leyenda?

—Sabes que sí. —James la conocía muy bien, se la había relatado en incontables ocasiones.

—Pues según mis cálculos forenses, nos queda menos de un mes. El fin del mundo se acerca.

—Pero ¡qué listo eres!, tendrías que haber sido matemático o científico en vez de inspector.

—Estaría bien intentarlo, ¿no crees? Sólo por si acaso.

—Ya, ¿y cómo sabríamos que estamos sacrificando a la persona adecuada?

—Bueno… la leyenda cuenta que los cuerpos que yacen bajo cada piedra pertenecen a almas puras, pues… tal vez… las cinco restantes tengan que ser sacrificadas por un alma pura. Tendría sentido, ¿no?

—Pues no lo sé, tal vez. ¡Tú no estarás pensando en…!

—¡No! Cla... cla... claro que no. ¿Me tomas por loco? Una cosa es creer en una le... le... leyenda y otra muy distinta volverme un a... a...asesino.

—¿Lo harías por mí?

—¡¿Qué?!

—¿Matarías por mí?

—Pu..pu... pues, si tu vida estuviera en peligro... imagino que sí. —Se quedó pensativo unos segundo—. ¿Amanda?

—¿Sí?

—¿Te... te pu... puedo hacer una pregunta?

—Claro.

—¿Tú...?

—Sshhhhhh, ¡calla! ¿Has oído eso? —El sonido de unas pisadas me puso en alerta.

—No...

—Detrás de una de las piedras —dije entre dientes—, James, he oído algo.

—Iré a echar un vistazo —dijo calmándome con la mirada seria—, tú quédate aquí.

Había oído unos pasos, estaba segura. Me escondí tras una de las enormes piedras con la linterna en la mano enfocando al suelo. Me temblaba todo el cuerpo y casi no podía sostenerme en pie. La roca estaba congelada, y un escalofrío recorrió mi espalda. De pronto, oí un golpe seco seguido del sonido de un cuerpo desplomándose en el suelo. Asomé cautelosamente la cabeza y vi una sombra desvanecerse en la oscuridad de la llanura.

—¿James? —dije con hilo de voz—. ¿James?

Pero nadie contestó. Iluminé al cuerpo que estaba tendido en el suelo y reconocí su cazadora. Corrí hacia él con el corazón en la mano esperándome lo peor.

—¡James! ¡James! ¡Contéstame, James! —lo zarandeé un par de veces y le tomé el pulso. Estaba vivo.

—¿Qué... qué... ha pasado? ¿Amanda?

—Sí, James, estoy aquí. Alguien te ha golpeado en la cabeza. Cuando te oí caer al suelo, miré y vi a alguien salir corriendo colina abajo. Gracias a Dios que estás bien. Deja que te mire.

—No conseguí ver quién era, no... —hizo una mueca de dolor al intentar levantarse.

—Tranquilo, déjame ayudarte.

Le ayudé a incorporarse y le eché un vistazo. Por la frente le caía un hilo de sangre que seguí con los dedos hasta dar con la brecha. Enfoqué con la linterna y pude apreciar un pequeño corte en la parte posterior de la cabeza.

—Será mejor que volvamos a la tienda. ¿Te encuentras bien para caminar?

—Sí.

—Apóyate en mí.

—Ajá.

Agarré su brazo y lo puse alrededor de mi cuello. James era unos veinte centímetros más alto que yo, pero de constitución delgada, lo que me facilitó cargar con él de vuelta a la tienda.

—Creo que será mejor pasar la noche en casa. Tengo un vino tinto recién traído de España que quizás quieras probar —le dije en un intento por animarle, pero James tan sólo asintió con la cabeza. Parecía bastante desconcertado.

Para cuando alcanzamos la tienda, James ya estaba un poco mejor. Humedecí un par de servilletas y le limpié la frente. Por suerte, la herida había dejado de sangrar. Estaba muy callado y no paraba de mirarme e, inconscientemente y sin saber cómo, tuve un instinto repentino de besarle.

—Pero...

—Shhhhh. No digas nada, ¿quieres? —dije ruborizada, esquivando su mirada de sorpresa tras el fugaz beso.

—¿Po... po... podrías hacer eso otra vez?

Lo miré de nuevo a los ojos y me acerqué lentamente hasta que mis labios rozaron los suyos. Carnosos y húmedos, se fueron hundiendo en los míos en uno de los besos más apasionados que nadie jamás me había dado antes. Yo estaba de rodillas en el suelo y él permanecía sentado sobre la nevera de playa azul que empezaba a tambalearse. La servilleta ensangrentada cayó al suelo, sus fibrosos brazos me rodearon la cintura suavemente y me dejé llevar por la pasión del momento. Aquel no era James, no podía serlo, no podía estar besando a James de aquel modo, pero tampoco podía parar. Cada vez que su lengua rozaba la mía, saltaban chispas, y sin saber cómo, los dos nos detuvimos al mismo tiempo y nos miramos fijamente a los ojos. Nos quedamos ahí, parados uno frente al otro sin saber qué decir, y tras dos interminables segundos, sus brazos fueron cediendo hasta que los tuvo en jarras sobre sus caderas.

—¿Nos vamos? —dijo rompiendo aquel incómodo silencio.

—Eh... sí...

—Creo que será mejor que te deje en casa, ya... ya a... a... abriremos esa botella o... otro día.

—Ajá.

Asentí con la cabeza, desviando la mirada al suelo intentando recuperar la compostura, y James se levantó como si el diablo le persiguiera y comenzó a meter las cosas en el coche apresuradamente. Yo seguía petrificada en el mismo sitio sin poder moverme, con los pies clavados en el barro. Mientras lo observaba, volvieron a mi mente recuerdos de la infancia, de nuestro primer beso. Creo que tendríamos unos ocho años, y jugábamos a los médicos en el cobertizo del jardín de casa de sus padres. Por aquel entonces, él llevaba gafas de culo de vaso y aparatos de ortodoncia. Recuerdo a la perfección la expresión de su cara, y recuerdo con aprensión cómo abría la boca intentando engullirme con un beso de tornillo. ¡Puajjj! Pero ¿esto...? Esto había sido totalmente diferente. Desclavé mis pies del fango y subí al coche donde James me esperaba de nuevo con la vista clavada al frente.

El camino de vuelta a casa fue extraño, ni una palabra, ni una mirada. Nada. Paró frente a la puerta de entrada y bajé del coche. Sólo cuando estuve fuera, al otro lado del cristal, nuestras miradas se cruzaron fugazmente, tras lo que volvió a fijar la vista al frente y desapareció calle abajo. Me quedé allí, enfundada en la negrura de la noche, absorta en el silencio de la oscuridad con las mejillas ruborizadas por el recuerdo de aquel beso. El viento me abofeteó bruscamente la cara cubriéndome el rostro con el cabello y una lágrima brotó, lentamente, desde lo más profundo de mi ser.

"Ahora entraré en casa. Mañana, será otro día, Amanda".

Lo primero que hice al levantarme aquel sábado por la mañana fue coger el teléfono y llamar a James para ver cómo había pasado la noche, pero no contestó. Lo intenté reiteradamente, una y otra vez a lo largo del día, pero no hubo manera y empecé a preocuparme. No era una actitud normal en él. Quizás, el golpe en la cabeza había sido más grave de lo que parecía a simple vista. Iría a verle y saldría de dudas.

Salí de casa a eso de las seis de la tarde. El tiempo había cambiado repentinamente. El cielo estaba cubierto en su totalidad de negros nubarrones que parecían querer estallar de un momento a otro, al tiempo que corría una helada brisa que levantaba las hojas caídas en el suelo y las hacía bailar en pequeños compases. Seguí aquel delicioso baile de hojas hasta casa de James a tan sólo unas manzanas de distancia. Me acerqué al portero automático del edificio y toqué el timbre, pero nadie contestó. Crucé la calle y miré a su ventana. El edificio tenía solamente dos plantas, y James vivía en el primer piso. Se podía ver perfectamente el interior de su salón a través de los enormes ventanales que llegaban al suelo. Las cortinas estaban abiertas de par en par. Me quedé unos minutos observando, y no parecía haber ningún signo de vida en el interior, por lo que determiné volver a probar suerte más tarde. Continué caminando calle abajo y decidí parar en el *Café Teatro* a ver si había suerte y me encontraba con Rachel, una de mis mejores amigas desde hacía años.

Abrí la puerta y eché una ojeada, la cafetería estaba prácticamente llena y era imposible encontrar a alguien a simple vista. Me adentré un poco más hasta llegar a la barra y ahí estaba, justo al fondo, con su vaso de Jack Daniels en una mano y un libro abierto en la otra. El *Café Teatro* se había convertido en su vía de escape desde hacía ya varios años. A Rachel siempre le apasionó todo lo que tuviera que ver con el mundo de las letras y allí había encontrado su refugio. Llevaba casada más de diez años con Tomy, un mujeriego empedernido del que estaba totalmente enamorada. A los dos años de casados decidieron tener hijos, pero tras varios intentos fallidos y luego de hacerse las pruebas, les dieron la mala noticia de que Rachel era estéril. Aquello fue un verdadero golpe bajo para ella, puesto que adoraba a los niños y siempre había deseado tener una gran familia. Como consecuencia, su matrimonio fue en declive, pero tenían una relación de amor-odio de la cual le era imposible salir. Después de cada una de sus incontables broncas, la encontrabas allí, tras la barra del *Café Teatro* con su vaso de Jacky en la mano.

—¡Rachel! ¡Rachel! ¡Eoh!

Todo el mundo se giró menos ella. Estaba tan inmersa en la lectura, que hubiera podido pasar un tranvía a su lado y no darse ni cuenta. Me acerqué y me senté a su lado en una de las banquetas que quedaban libres. Apoyé los codos sobre la barra y la observé un buen rato. Su enigmática belleza te embriagaba sin tan siquiera mediar palabra. Estaba tan acostumbrada a que la gente la mirase, que ni se giró para ver quién era yo.

—¿Quieres una copa, guapa? Pchsss, preciosidad, te...

—No quiero compañía, gracias —dijo sin levantar la vista de sus páginas.

—¡Qué difícil eres, hija! No sé cómo lo hizo Tomy, pero le tuvo que costar lo suyo.

—¡Amanda! —dijo finalmente al reconocer mi voz.

—Menos mal, empezaba a creer que me iría del bar sin hablar contigo.

—Es que estoy un poco cansada de los pesados de turno, ya sabes —dijo terminando la frase con un aspaviento.

—¿Cómo estás? ¿Todo bien con Tomy?

—Tomy... lo de siempre, no te quiero aburrir. Algún día me armaré de coraje y lo dejaré. Mientras tanto, me lo como yo solita. ¿Y tú? ¿Qué haces por aquí? Es raro que te dejes caer por estos barrios un sábado por la noche. ¿Va todo bien?

—Sí... bueno, estoy buscando a James.

—No me puedo creer que te dejara plantada en vuestra cita de los viernes.

—No, no es eso. Ayer pasó algo que no te vas a creer.

—Esto se pone interesante. ¿Quieres un Jacky?

—¿Por qué no?

Y agitó el brazo para llamar la atención de la camarera.

—¿Qué pasó? ¿Se sobrepasó contigo?

—No —dije a la vez que negaba con la cabeza.

—¿Empezaste tú? ¡Pero si no te gusta!

—Déjame beber un trago y te lo explico —cogí el vaso que la

camarera acababa de dejar en la barra y le di un buen sorbo—. Decía que pasó algo muy extraño. Me llevó a Stonehege de acampada, ya sabes, siempre sorprendiéndome, y cuando cayó la noche nos fuimos a las ruinas, linterna en mano, y oí unos pasos. James fue a ver quién era y recibió un golpe en la cabeza. No alcancé a ver a nadie. El verlo ahí tumbado en el suelo, inconsciente, hizo surgir en mí un sentimiento difícil de explicar. Pues bueno, lo levanté y fuimos de vuelta a la tienda de campaña, y cuando le estaba limpiando la herida de la cabeza, ¡zas! Voy y le beso.

—En la frente —dijo en tono afirmativo.

—No, en los labios. Y lo mejor de todo es que repetimos, y lo más raro es que me gustó.

— ¡¿Que, qué?!

—Como lo oyes.

—Y un día después, ¿qué piensas de lo sucedido?

—Sólo te digo que no me arrepiento. Pero ¿qué estoy diciendo? ¡Camarera! —dije tragando saliva—. ¡Perdona! —tras oír mis gritos se giró con cara de pocos amigos—. ¿Me pones otro?

—Tú estás fatal —la cara de Rachel era un cuadro—. ¿Sigues viendo a Ted?

—Sí. A Ted, a Giovanni, a Antonio... no sé, Rachel.

—Hombre, James tampoco está nada mal, y lo han ascendido, ¿no?

—¡Rachel! ¡Que es James!

—Ya, ¿y qué?

—Y nada. Y que llevo todo el día intentando localizarlo y no hay manera. No responde a mis llamadas. Estoy preocupada, le dieron un buen golpe en la cabeza.

—O sea, que no tienes ni idea de quién pudo ser.

—No, ni idea. Lo único que te puedo asegurar es que el individuo en cuestión era rápido corriendo. Todo pasó tan deprisa...

—No te preocupes, seguro que James está bien. Quizás se pase luego por aquí. ¿Y qué vas a hacer?

—¿Con lo del golpe o lo del beso?

—Ambos.

—Pues lo primero, no creo que podamos hacer nada, no vimos a nadie; y lo del beso... le daré tiempo, a lo mejor se me pasa. Es demasiado raro, Rachel, ¿te imaginas a James y a mí...?

—Pues ¿por qué no?, os lleváis de maravilla. Ya quisiera yo llevarme así con Tomy. El muy cabrón. ¡Sabes la última?, salió de casa el jueves y aún no ha aparecido. Seguro que está con otra. El muy cabrón. ¿Nos emborrachamos? Necesito un hombro donde poder llorar.

—Eso está hecho.

Continuamos charlando y bebiendo hasta altas horas de la madrugada sin ninguna intención de levantarnos de las banquetas, hasta que uno de los camareros se acercó a nosotras de una forma muy educada y nos pidió que nos marcháramos. Encendieron las luces y cortaron la música. El camarero, muy amable, nos acompañó a la puerta y se ofreció a llevarnos. Decliné su amable oferta y agarré a Rachel del brazo. Un poco de aire fresco no nos vendría nada mal.

De camino a casa pasamos por la calle de James, pero nada, todo seguía igual, no se veían luces y continuamos hasta llegar a casa. Hacía frío, las calles estaban desiertas y apenas se veía en la oscuridad.

—Rachel, creo que sería mejor que esta noche te quedaras a dormir conmigo —dije una vez frente a casa.

—Ajá.

No opuso resistencia alguna, tan sólo tuve que tirar de su brazo. Una vez dentro, la tumbé en el sofá del salón, le quité los zapatos y la tapé con una manta que encontré en el apoyabrazos. Cayó fulminada en cuanto su cabeza se hundió en el cojín de plumón. Estuvo balbuceando en sueños el nombre de Tomy hasta que, como si de una vieja cinta de radiocasete se tratara y hubiese llegado a su fin, su brazo se descolgó del sofá y comenzó a roncar. Me descalcé y fui a la cocina a beber un poco de agua siguiendo una línea imaginaria en el suelo de moqueta para no caerme. Una vez a salvo y sentada en el taburete de la barra de la cocina, conseguí encontrar el móvil tras unos segundos de incesante búsqueda, entre decenas de cosas acumuladas en el fondo del bolso. Metí el código y lo desbloqueé con la intención de enviarle un mensaje a James, pero lo que vi fue otro de los tantos mensajes que había estado recibiendo desde hacía un par de semanas.

Al final me la chuparás, ¡zorra! Estoy deseando verte sufrir de placer. Esta paja lleva tu nombre, ¡¡¡mmmmm, Ahhhhh, Ahhhhhh, Ahhhhhh!!!!

—¡¿Otro mensaje?! ¡Cabrón descerebrado!

Al día siguiente iría a la comisaría. Fuera quien fuese ya había colmado mi paciencia.

Aquel día amaneció lluvioso. Las gruesas gotas de agua se estrellaban con tal intensidad, que el cristal de la ventana de mi habitación parecía ir a quebrarse de un momento a otro. Estaba oscuro, no sabía muy bien si eran las cuatro de la tarde o las diez de la noche. Me arremolíné bajo las tullidas sábanas de franela contemplando la melancólica lluvia caer desde la perfecta perspectiva de mi cama. No tenía aspecto de querer cesar en todo el día y decidí, tras unos segundos de indecisión, ir al salón a ver qué tal estaba Rachel, pero no la encontré allí. Grité su nombre un par de veces, pero no hubo contestación alguna. Se habría marchado a casa. Fui a la cocina arrastrando los pies por el parquet para evitar el retumbar de mis zancadas en la cabeza. Me preparé una buena taza de café y le eché una ojeada al reloj de la cocina. Marcaba las siete y veinte de la tarde. Una ducha y a la comisaría. Debía poner fin a la historia del acosador o, por lo menos, intentarlo. De paso vería a James y saldría de dudas, al menos sabría si seguía con vida.

Para cuando quise llegar, eran casi las nueve de la noche. El tráfico era denso y los limpiaparabrisas no daban abasto quitando agua de la luna delantera. Conseguí aparcar no muy lejos de la puerta, aun así, para cuando entré estaba empapada de los pies a la cabeza. Pregunté por James al único agente que encontré en la comisaría en una de las oficinas que tenía la puerta entreabierta. Sujetaba una hamburguesa con ambas manos cubiertas de salsa por todos lados. Tras engullir el bocado que tenía en la boca, cogió una servilleta enjuta repleta de *ketchup* y se limpió la comisura de la boca con pequeños toques. Una vez hubo acabado, me pidió con desgana que esperara en una de las sillas cercanas a la puerta de entrada. Hice lo que me pidió. Volví a cerrar la puerta y me senté en la incómoda silla que estaba junto a unos agujeros, diseminados a lo largo del marco, del tamaño de mi brazo. El viento se colaba a sus anchas por ellos enfriando aún más mi empapada ropa. Al cabo de un rato, el agente apareció en la entrada a paso parsimonioso, levantándose los pantalones por las trabillas e indicándome el camino. Me adentré en aquel pasillo lleno de puertas a ambos lados hasta que di con la que tenía el nombre de James grabado en el cristal. Toqué con los nudillos sin medir mi fuerza y la hoja de la puerta se deslizó hasta quedar abierta de par en par.

—Hola, Amanda. Pasa.

—Hola, James —dije, entrando con cautela ante su adusta mirada.

—¿Qué te trae por aquí? —dijo en tono severo—, hoy no es viernes.

—Ya... —aquella contestación y el tono de su voz me había desconcertado—. ¿Cómo está tu cabeza? Te llamé unas cuantas veces, me tenías preocupada.

—¡Ah! Bien, no fue nada —su tono de voz era cortante—, pero dime, ¿qué querías?

—Me alegro —aquella conversación comenzaba a incomodarme—. Pues nada, que desde hace un par de semanas, algún

27

degenerado me ha estado enviando mensajes obscenos y ya no puedo más.

—¿Alguna idea de quién puede ser?

—No, ni idea.

—Déjame verlos.

Saqué el móvil del bolso y lo dejé sobre la mesa. Alargó el brazo y lo cogió sin dirigirme la mirada, tras lo cual echó una rápida ojeada a los mensajes y volvió a dejarlo con brusquedad sobre la opaca madera de roble.

—Creo que deberías cambiar tu estilo de vida, eso es todo —sus palabras me dejaron más helada de lo que estaba—. Tiene toda la pinta de ser alguien cercano a ti, probablemente alguno de tus amantes o pretendientes —su frialdad me dejó perpleja.

—Pero...

—Si los tratas a todos como a perros, te atienes a que te pasen cosas así, Amanda.

—¿Me estás diciendo que yo tengo la culpa de esto? —No daba crédito a lo que estaba oyendo.

—Te estoy diciendo que si llevaras una vida normal, como el resto de los humanos, estas cosas no te pasarían.

—¿A ti qué te ha pasado en estos dos días? ¿El golpe te ha afectado en la cabeza o qué? —El sonido de mi móvil cortó aquella acalorada conversación subida de tono.

—Cógelo, seguro que es Ted o...

—¡Cállate! —Cogí el móvil y, efectivamente, era Ted—. Sí, hola, ¿te puedo llamar en diez minutos? Ahora me pillas un poco mal. O.K. *Ciao.* —Guardé el móvil en el bolso y lo miré enfurecida—. ¡¿Y a ti qué te pasa?!

—Vas a seguir viéndolos a todos, ¿verdad?

—¿Hay algún motivo para no hacerlo?

—No juegues con las personas, Amanda.

—Esto tiene algo que ver con lo de la otra noche, ¿cierto? —Enmudeció tras mis palabras—. ¿Creíste que por un beso ya me iba a deber a ti? O sea, que no me vas a ayudar, ¿no? Es mi culpa, ¿verdad? —dije levantándome de la silla—. Muy bien, pues adiós y que te vaya bonito.

Salí de allí enfurecida e indignada a la vez. Le miré fijamente a los ojos y me fui del despacho, dejando a mis espaldas el sonido del portazo y la mirada del compañero que salió sobresaltado al pasillo de una de las oficinas con la mano en la cartuchera a punto de sacar la pistola. ¿Quién se pensaba que era él para hablarme de esa manera? Yo podía hacer con mi vida lo que me diera la gana. Y yo pensando en probabilidades, ¡insulsa! Piensa que soy una puta. ¡Una puta! ¡No, no puedo llorar! Todos son iguales, Amanda, ¡todos! Esto no me lo esperaba de ti, James. Esto no.

JAMES

La vi marchar tras aquel portazo y no pude, ni quise, hacer nada al respecto.

Te quiero, Amanda, siempre te he querido, pero siento que me harás daño y no lo voy a permitir. Aquella noche, cuando me besaste en la oscuridad, sentí algo muy profundo que llegó al fondo de mis entrañas. Algo como el filo de una cuchilla y que me llevaría a la locura. Tú no eres mujer de un sólo hombre, y yo soy hombre de una sola mujer. Nuestros destinos siempre estuvieron separados, pero me había negado a admitirlo. Me había negado a admitir que no serías mía; que ese beso que me diste estaba en la boca de cada uno de tus amantes; que no tienes sentimientos ni sientes de la misma forma que yo. Imaginaba un futuro junto a ti. Imaginaba que algún día te darías cuenta de lo mucho que te quiero, de que enloquezco cada vez que estoy a tu lado. Tenía grandes planes para nosotros, una gran casa, un gran jardín, niños correteando a nuestro alrededor, envejecer junto a ti... Ahora tan sólo te deseo que seas feliz. Y entiendo que mi tiempo a tu lado era caduco, que todo había estado en mi imaginación y nada más; que siempre había estado viviendo en un sueño, en una gran mentira. Pero eso se acabó, se acabó con aquel beso, con aquel primer y último beso. Adiós, Amanda, espero que seas feliz.

Debía poner manos a la obra lo antes posible. Había recibido una llamada a primera hora de la mañana de la señora Wells, la escultura debía estar terminada para el miércoles. Terry, el más pequeño de la *saga*, venía a pasar un par de días desde Estados Unidos donde llevaba afincado unos cuantos años ejerciendo de abogado, y querían darle una sorpresa con otra escultura en su honor. La escultura en cuestión era un busto del mismísimo Terry esculpida en madera. En un principio, pensaban que llegaría el fin de semana, pero le había surgido un caso de última hora y había tenido que adelantar el vuelo, de ahí las prisas del plazo de entrega.

La familia Wells era una de las más adineradas de toda Inglaterra. Los conocía desde hacía unos diez años y había retratado a cada uno de los componentes de la familia con esculturas de todas clases y formas imaginables. Cada evento lo celebraban con una escultura, la graduación de sus cinco hijos, el premio de equitación de Sara, el de tenis de Peter, el de esgrima de Lauren, etc... No les quedaba un espacio libre en la casa para poner más esculturas. Estaban por todas partes, en las escaleras, en las ventanas, en el recibidor, en el porche de entrada, en la cocina; y podría continuar detallando cada espacio de aquel castillo, todos tenían una de mis esculturas en algún rincón. Una de las peculiaridades de los Wells era la excentricidad, la cual había heredado cada uno de sus hijos. La de la señora Wells era la pasión por las esculturas, y nunca escatimaba en gastos en lo referente al arte. Pidiera lo que pidiera, nunca negociaba el precio y, gracias a ella, mi nivel de vida y mi caché se habían catapultado al estrellato.

Por eso y por todo el cariño que les tenía, la escultura estaría lista para la bienvenida del -ya no tan pequeño- Terry.

Las prisas no son nada buenas cuando se habla del tallado de la madera, y menos aún, cuando la escultura iba a llevar mi sello personal, las alas. Dependiendo de la obra, jugaba con su tamaño, más grandes, más pequeñas, gruesas, delgadas, gigantescas, minúsculas, multicolores, etc... Esta, en concreto, las llevaría minúsculas y bicolores en tonos pastel, azul añil y magenta. Había casi terminado con el desbastado, me quedaba la talla de detalles, la lija, el tinte de agua y el barniz. Para el día siguiente por la noche lo tendría terminado si no me movía del estudio, y así lo hice.

Pasé todo el día encerrada. Y a las ocho y media, como cada lunes, Ted estaba en la puerta con un ramo de rosas rojas en la mano derecha y una botella de champagne francés en la izquierda. Esa noche tendríamos que improvisar, normalmente solíamos vernos en su casa, a tan sólo unos minutos de mi estudio. Vivía en un precioso ático con vistas al canal de Kennet & Avon. Tan sólo tenía una pequeña estancia, cuarto de baño y un salón que triplicaba las medidas de toda la casa, con el suelo de parquet de haya vieja y una enorme chimenea. Los techos eran abovedados con gruesas vigas de madera y en el centro del salón, justo debajo de una enorme lámpara que pendía del techo, descansaba majestuoso su piano de cola blanco. Un piano Bösendorfer que tenía mucha historia. Había pertenecido a su madrina, una elegante mujer con noventa y un años de edad y manos privilegiadas, que había tocado ese piano toda su vida. Tras la segunda guerra mundial, lo había encontrado destrozado en un gran almacén de antigüedades y lo había mandado reparar. Fue amor a primera vista. Después, cuando sus manos ya no le permitieron tocar debido a una artrosis que le había deformado las articulaciones, Ted lo tocaba para ella, hasta que la ingresaron en una residencia para mayores. Entonces el piano fue trasladado a casa de Ted, donde era yo quien disfrutaba de pequeños conciertos privados todos los lunes por la noche. Pero esta vez invertiríamos la rutina y nos veríamos en mi estudio. También tiene vistas al canal. Es totalmente diáfano, no muy grande pero suficiente para mí. Prácticamente todo el estudio es el taller de trabajo, tan sólo dispone de una pequeña cocina, la cual nunca uso, una nevera plateada, una mesa de jardín y dos sillas, un aseo y una habitación con una cama de dos por dos que está separada con un biombo de decoración tailandesa. La pared de la cocina y la habitación están pintadas en su totalidad de rojo carmesí y el resto del estudio, en rosa chicle. La iluminación es regulable y sale del suelo a través de pequeños focos y baldosas transparentes, una forma diferente y muy original de iluminación que estaba causando furor en Reading.

Cogí el ramo de rosas, las puse sobre la mesa e improvisé un florero con un decantador de vino. Saqué dos copas y descorché la botella.

—Por nosotros. —Le di un gran sorbo y me senté en una de las sillas a disfrutar de las vistas.

—Por ti, Amanda —dijo mientras me mantenía la mirada—. ¿Va todo bien?

—Sí, todo bien, un poco cansada, eso es todo —dije con la vista fija en el canal—, este descanso me viene de maravilla.

—¿Has comido algo? No tienes muy buena cara.

—La verdad es que no, pero tampoco tengo hambre. No te preocupes, un día sin comer no me va a matar. Cuando trabajo con estos plazos de entrega tan cortos, pierdo el apetito.

—Esa familia va a acabar contigo un día u otro —dijo dándome un leve beso en los labios—. Los Wells, ¿verdad?

—Ajá, pero ahora no quiero hablar de trabajo, si no te importa.

—Por supuesto, y... ¿de qué quieres hablar? —me preguntó mientras me besaba el cuello lentamente.

—De nada —y exhalé un suspiro—, quiero disfrutar de ti... de tus besos... de...

Lo que realmente quería hacer era desquitarme de la desagradable conversación que había tenido el día anterior con James. Me bebí la copa de un sorbo, la dejé sobre la mesa y me senté sobre ella. Ted me observaba sin decir palabra. Cogió la silla y se sentó frente a mí. Subí mi falta lentamente y me quité la ropa interior. Todo mi pubis quedó expuesto ante sus ojos, los cuales me miraban con intensa lujuria. Mientras Ted seguía deleitándose con la vista, yo me quité la camiseta dejando al descubierto mis grandes senos que se erigían ante él, deseosos de placer. Deslicé mi mano derecha sobre mi vientre y me acaricié dibujando pequeños círculos. La mirada de Ted era cada vez más lasciva.

Yo tenía las piernas una a cada lado de la mesa y la cabeza de Ted estaba prácticamente entre ellas. Empezó a lamerme la entrepierna mientras yo le observaba, y continué masturbándome. Él, al mismo tiempo, se masturbaba con una mano y con la otra comenzó a juguetear con mi cavidad vaginal. Los gemidos ahogaban mi garganta. Ted se incorporó de la silla tras unos largos minutos de intenso placer, y con la boca cubierta de mi esencia, comenzó a besarme. Eso me excitó aún más, y continuó descendiendo hasta mis pechos, los que mordisqueó reiteradamente hasta dejarlos en carne viva.

—Sigue, sigue. ¡No pares!

—¿Quieres más?

—Ajá.

—¿Te gusta esto? —dijo con uno de mis pezones entre sus dientes— ¿Te gusta? —repitió jadeante.

—Sí, sí, sí. ¡Sigue!

Apartó las copas de un manotazo, que cayeron al suelo y estallaron en mil pedazos. Me reclinó hacia atrás y me quedé tumbada sobre mi sudorosa espalda con la cabeza pendiendo boca abajo del canto de la mesa. Mientras yo disfrutaba de mi gran momento, Ted se levantó e hizo amago de penetrarme, acto que decliné con un brusco movimiento de cadera.

—No, hoy no —la protagonista sería yo, yo y nadie más. Búscate la vida, pensé. Y así lo hizo.

Pasé unos minutos tumbada allí, mirando el techo intentando recobrar el aliento. Ted, como siempre muy atento, ya había cogido la escoba de la cocina y estaba recogiendo los trozos de cristal que estaban esparcidos por todo el suelo.

—No quisiera que te cortaras, princesa.

—Tú, como siempre, tan cortés. —Y me dedicó una de sus mejores sonrisas.

Me quedé observándole detenidamente. Era alto, más alto de lo que lo recordaba. Rozaba ya los cincuenta. Educado. Muy educado. Criado en el seno de una familia de clase alta. Tenía los ojos verdes y el pelo canoso. Su tez era blanca, casi translúcida, y su nariz excesivamente respingona. Le encantaba el arte, todo tipo de arte; de hecho, nos habíamos conocido en una exposición de cuadros de un amigo que teníamos en común. Me llamó la atención en cuanto lo vi. Sus ojos rasgados me hipnotizaron al instante, y esa misma noche me llevó a su casa. Estaba recién divorciado y me dijo que el mayor error que había cometido en toda su vida había sido pasar por el altar, y que si quería verlo tendría que ser de esa manera, que nunca se volvería a comprometer con otra mujer. Era exactamente el tipo de hombre que buscaba. Sexo sin compromiso.

Fui a por un par de copas a la cocina y las llené con lo que quedaba en la botella. Ted estaba tumbado en la cama fumando un cigarrillo en ropa interior. Me tendí a su lado, le ofrecí la copa y le miré a los ojos.

—Por ti.

—Por nosotros.

MAMÁ

Y es que ya me lo decía mi madre.

Los hombres no quieren una mujer, quieren una fregona, y si te casas, debes ser sumisa. Si te revelas, o estás loca o eres una mala mujer.

Siempre me habló muy claro. Desde que entré en la pubertad, me instruyó en el mundo de la sexualidad y me advirtió que las relaciones no eran fáciles, y que tendría que aguantar mucho. Decía que a los hombres hay que pasarles sus deslices con otras mujeres, que no había que tomárselos en cuenta, que toda la culpa era de la testosterona. De hecho, tenía una teoría, que los hombres no pensaban, y que sólo reaccionaban al impulso de su entrepierna. Hacía mucho hincapié en que si me quedaba embarazada demasiado joven, arruinaría mi vida. Que ellos para *ponerlo en práctica* no tenían ningún tipo de problema, ahora, asumir después la responsabilidad ya era otro cantar, y que la mayoría salían corriendo. Otra cosa que me recalcaba una y otra vez era que el amor y los cuentos de hadas no existían, que no esperara encontrar al príncipe azul, que era todo mentira.

Bajo los consejos de mi madre, fui precavida hasta los dieciocho, cuando se cruzó en mi camino el que pensé que sería mi príncipe azul, porque aun a sabiendas de que no existía, yo guardaba esa esperanza en mi foro más íntimo. Comenzamos una verdadera historia de amor. Él era dos años mayor que yo, y me hacía todo tipo de regalos, cada día era algo nuevo. Me halagaba e idolatraba. Me repetía una y otra vez lo inteligente que era y lo guapa que estaba, y en ningún momento quiso propasarse conmigo, algo que me gustó y bastante, ya que el resto de chicos con los que había salido, lo primero que querían era sobarme el trasero. Yo continuaba virgen e intacta y reservaba mi flor para ese alguien tan especial que creí haber encontrado.

El día que perdí la virginidad fue el peor de mi vida. Estábamos en el coche de Timmy, y había sangre por todos lados. El dolor era insoportable y, para colmo, no me di cuenta de que el muy capullo se había corrido dentro de mí. Pasó un mes y el período no me venía. Acudí a él muy asustada, y lo único que me dijo era que le dejara en paz, que tenía otras cosas en la cabeza. El mundo se me vino encima y, para colmo, a los dos días me enteré de que ya estaba con otra, pero no con una cualquiera, no, estaba con la que había considerado hasta entonces una de mis mejores amigas. Quería morirme, desaparecer de la faz de la Tierra. Les deseé la muerte a los dos.

Pasé por el mal trago del aborto, algo que he querido borrar de mi mente, pero que aún al día de hoy sigo recordando. Esa sala blanca y ese potro con patas metálicas, frío e incómodo. El médico introduciendo el aspirador de estridente sonido. Ese dolor punzante arrancándome las entrañas. La enfermera agarrándome la mano y secándome las lágrimas. Esa impotencia de querer y no poder tener al niño. Esa rabia que crecía en mi interior. Esa parte de mi vida que quisiera olvidar y no puedo. Y esa madre, que estuvo a mi lado en todo momento.

Me juré y perjuré que aquello no volvería a pasarme ¡jamás!

Continué con mis estudios, ¿y cómo no?, dos años después, apareció el que creí que sería definitivamente el hombre de mi vida. Mantuvimos una relación de dos años, durante los cuales todo funcionaba a la perfección. Compartíamos los mismos gustos por el arte y nos encantaba la escalada, solíamos ir de acampada todos los fines de semana con un grupo. Pero lo que no sabía era que detrás de aquellas salidas había algo más.

La única chica del grupo era yo, y jamás me hubiera imaginado lo que aquel domingo por la tarde verían mis ojos. Estábamos terminando de recoger las tiendas, llamé a Tom pero no contestaba y fui a buscarlo. Eran ya casi las nueve, si no nos dábamos prisa, se nos haría de noche. Estábamos en pleno verano y el calor aún era sofocante. Me adentré en el bosque y comencé a llamarlo a gritos, pero no hubo respuesta alguna. Recodaba haber visto una ruta por uno de los tantos senderos que había, y me encaminé hacia una casa derruida que había justo al final de uno de ellos. Conforme me acercaba, pude apreciar a lo lejos a dos personas casi desnudas dándose el lote en uno de los laterales de la casa. Cuanto más me aproximaba, más conocidas se me hacían aquellas personas. Continué acercándome, y la silueta que en un principio me había parecido la de una mujer, resultó ser también la de un hombre. Me quedé parada tras el primer árbol que encontré en mi camino y continué observándoles. Aún conservaban puestos los pantalones, y fue entonces cuando reconocí a Tom. No podía dar crédito a mis ojos, y tampoco sabía qué decir. Aquello me había cogido fuera de juego. Salí corriendo y recogí mis cosas. Todo el grupo guardó silencio, nadie dijo nada. Me puse la mochila sobre los hombros y salí amedrentada de allí, no tenía el valor suficiente para mirarles a la cara, y caminé sin rumbo por el arcén de la carretera durante horas hasta llegar al primer pueblo que encontré, dónde llamé a Rachel desde una cabina telefónica para que viniera a recogerme. Era la única persona, aparte de mi madre, en la que podía confiar por aquel entonces.

En dos horas, estaba de vuelta en casa con el corazón hecho añicos y la desconfianza en todo el mundo a flor de piel. Con el tiempo me enteré de que nuestra relación había sido una tapadera desde el principio para ocultar su homosexualidad; y fue entonces, a la edad de veinte años, cuando me juré que ningún hombre entraría en mi vida, que jugaría con ellos al igual que ellos habían jugado conmigo, y que nadie se volvería a reír de mí.

A partir de entonces, el único hombre que había tenido cerca más de lo permitido había sido James. Pero eso también había acabado.

38

Mi odio hacia el sexo masculino había ido creciendo con los años y esa pequeña esperanza de encontrar a alguien con quien pasar el resto de mi vida se había esfumado por completo.

Ted se había marchado pronto esa mañana. A eso de las seis y media se acercó y me susurró al oído.

—Duerme, princesa, te veré el lunes que viene. Suerte con la escultura.

—Mmmm.

—Adiós.

—Mmmm.

Su beso me selló los labios, y desde este placentero momento hasta la llegada de aquel mensaje, me sumergí en un profundo sueño. Un sueño en blanco y negro donde nadie tenía rostro y yo parecía ser la protagonista principal de la película. Caminaba por una ancha avenida cercana a un muelle, era un día soleado, la gente se giraba a mi paso y me señalaba con el dedo. Podía oír sus carcajadas pero no podía ver sus rostros. Una especie de nube gris cubría la cabeza de todo el que se cruzaba conmigo. Era perturbador. Había un banco de color rojo frente al muelle que atrajo toda mi atención al instante. Su colorido tono se destacaba en aquel escenario en blanco y negro. Una niña pequeña de unos cinco años con un vestido a rayas marineras y dos coletas estaba sentada en él. A su lado, había dos payasos con grandes pelucas multicolor y rostro triste que estaban atados entre sí. Me quedé observándoles hasta que uno de ellos me miró fijamente y con un guiño de ojo me pidió que me acercara, parecía pedirme ayuda a gritos. Quise ir hacia ellos pero no podía, algo parecía retenerme. Giré la cabeza y ahí estaba aquella niña pequeña mirándome con una sonrisa maquiavélica dibujada en su desfigurado rostro. A cada carcajada, la cara se le derretía y caía al suelo en grandes gotas de color rojo formando un charco alrededor de sus diminutos pies. Me giré buscando a los payasos, pero ya no estaban allí, se habían esfumado como por arte de magia, y en su lugar, había una enorme piedra. Miré de nuevo a la niña completamente horrorizada y comprobé que le quedaba una cuarta parte del rostro. Todo su cuerpo estaba petrificado, todo menos uno de sus brazos que mantenía alzado. Su mano se movía sujetando firmemente un papel de color rojo. Me lo ofrecía insistentemente con un gesto brusco. Me recliné, cogí el papel con una mano y con la otra intenté abrirle el puño, pero en un abrir y cerrar de ojos, su mano se deshizo en diminutos pedacitos que se iban evaporando como un castillo de arena. Todo su cuerpo cayó al suelo en cenizas en cuestión de segundos. Yo seguía sujetando aquel papel en mi mano temblorosa. Lo abrí con cautela y comencé a leerlo. Todo a mi alrededor se tornó rojo. Los nombres de cinco personas estaban escritos en una extraña caligrafía. Estaban borrosos y no acertaba a leerlos con claridad. Cuanto más agudizaba la vista, más desenfocados los veía. De pronto, el cielo se tornó gris y gigantescas gotas de lluvia comenzaron a caer con violencia destruyendo todo lo que tocaban. Eché a correr, pero una de ellas me alcanzó en la pierna y caí de bruces al suelo. En un acto reflejo de dolor, mi mano se abrió y el papel salió volando. Todos mis intentos por recuperarlo fueron en vano. Al intentar incorporarme, me di cuenta de que mis piernas se desintegraban en un montón de arena gris. El cielo, de color rojo, parecía engullirme. Todo mi cuerpo se desintegraba, y justo ahí, justo cuando el papel giró sobre mi cabeza con una ráfaga de aire y vislumbré la primera letra, un alerta de mensaje me trajo de vuelta a la realidad.

—¡Joder! ¿Quién será a estas horas?

Aquella nueva melodía de Benny Hill que le había puesto al móvil hacía un par de semanas hacía eco en mi atareada cabeza. Alargué el brazo y palpé el ladrillo que hacía a su vez de mesita de noche, hasta encontrar el móvil. *Buenos días, princesa, son las 9h 32´ 45¨. Love, Ted.* No recordaba haberle pedido a Ted que me despertase, y aunque así hubiera sido, ¿por qué me especificaba minutos y segundos? ¡Qué extraño! Y luego dicen que las mujeres somos las raras. ¡Ja! Pegué un saltó de la cama y me puse manos a la obra, ya sólo me quedaban los últimos retoques de lija, el tinte y el barniz. Para el mediodía tendría la escultura acabada.

—¡*Se finí*! Magistral, Amanda. Ahora una buena ducha y a comer.

Me desprendí de la bata de trabajo y entré en la ducha. Cerré los ojos y dejé que el agua discurriera sobre ellos. La niña de mi sueño había estado apareciendo recurrentemente durante toda la mañana y no conseguía quitármela de la cabeza. Era del tipo de sueño que sabes que recordarás siempre con la total nitidez de cada uno de sus detalles. Empecé a darle vueltas, a intentar darle algún significado a aquel macabro sueño, a la niña de cara desfigurada; a los payasos maniatados; a la gente sin rostro; al banco rojo; a la nota con los cinco nombres; a la T que conseguí ver fugazmente en el papel antes de que el mensaje del móvil me trajera de vuelta al mundo real. De pronto, el timbre del portero automático comenzó a sonar insistentemente, como si a alguien se le hubiese quedado el dedo pegado a él.

—¡Ya va! ¡Ya va!

Me puse el albornoz a toda prisa mientras el dichoso telefonillo no paraba de sonar. Llegué a la puerta dejando un reguero de agua tras de mí, me até bien el cinturón, descolgué y pregunté quién era.

—¿Sí?

—¿Amanda Watts?

—Sí, soy yo.

—Tengo una entrega para usted.

—¿Para mí? —le contesté extrañada—. No estoy esperando ningún paquete.

—¿Es usted Amanda Watts, y este es el segundo del número

41

veintitrés de la calle Sunset?

—Sí.

—Pues tengo una entrega para usted.

Abrí la puerta y esperé en el rellano. El edificio tenía dos plantas y era bastante antiguo con un pequeño tragaluz en el techo del que apenas traspasaban unos pocos rayos de luz. No tenía ni vecinos ni ascensor. Mi piso era el único en toda la planta y siempre me sentía un poco desprotegida en estos casos, Reading era una gran ciudad y nunca sabías quién podía estar realmente tras tu puerta. Apenas veía a un palmo de mis narices, la luz del descansillo se había fundido hacía ya unas cuantas semanas y tuve que agudizar la vista hacia las escaleras. Podía oír el eco de los pasos cada vez más cerca, hasta que algo rojo apareció entre la oscuridad seguido de un hombre con una gorra verde fluorescente y cara de pocos amigos.

—¿Amanda Watts?

—Sí, aquí —y agité la mano para que pudiera verme entre la oscuridad del rellano.

—Podrían poner ascensores en este barrio —dijo refunfuñando a media voz—. Firme aquí.

—¿Rosas?

—Sí, señora, rosas.

—Gracias.

—¡Ah! —dijo girándose antes de comenzar a bajar de nuevo las escaleras— tome, se me olvidaba el sobre. —Rehízo sus pasos hasta mí y me entregó un sobre de color rojo—. Que tenga un buen día.

—Igualmente. —Y se marchó con un gesto de fatiga en la cara.

Una docena de rosas rojas, seguro que eran de Ted. Las dejé sobre la mesa y abrí el sobre. *Cuarenta y nueve* ¿Eso era todo? Ni firma ni nombre, sólo un papel en el que estaba impreso el número cuarenta y nueve en letras romanas remarcadas en negrita de un tamaño considerable. Un tanto extraño, Ted solía ser un hombre bastante detallista, pero en tema de acertijos no andaba muy fino. Ya averiguaría más tarde de qué se trataba este jueguecito. Ahora tenía que darme prisa, debía estar en casa de los Wells a las cinco y media, y a las siete tenía que estar de vuelta en Wiltshire, no podía llegar tarde a mi cita con Giovanni en el *Café Teatro*. Hoy tocaba poesía.

Llegaba con siete minutos de retraso. Los Wells eran muy británicos en lo concerniente a la puntualidad, y como me imaginaba, ya estaban esperándome en el Hall de entrada. Eran una pareja de ancianos encantadores, un tanto excéntricos, pero verdaderamente entrañables. La Sra. Wells, Sara, agitaba la mano de manera exagerada desde que vio aparecer mi coche a las puertas de la majestuosa verja de entrada. Rodeé la fuente de los ángeles que presidía los jardines principales y continué hasta la escalinata principal de la casa. Sara seguía agitando su brazo al tiempo que la bufanda de plumas multicolores de avestruz que le rodeaba el cuello ondulaba al compás de su movimiento. El Sr. Wells, Peter, estaba a su lado con su perenne sonrisa de oreja a oreja enmarcada por un generoso bigote de puntas rizadas que cubría todo el ancho de su cara, de un extremo al otro. Se apoyaba en su bastón de marfil con cabeza de elefante y, con su mano libre, sostenía una pipa. Exhaló una gran bocanada de humo y asintió con la cabeza al verme.

—Querida Amanda. Pero ¡qué guapa estás!

—Usted sí que está guapa, Sra. Wells.

—Memeces, cada día estoy más arrugada. Los años no perdonan. —Y me estrechó en un tierno abrazo.

—Pero si está usted guapísima. Ya firmaba yo para llegar a su edad y estar como usted.

—Ya se lo digo yo cada día —dijo interrumpiendo el Sr. Wells—, pero esta vieja cabezota no me hace ni caso. ¡Me va a arruinar con tanta cirugía!

—Hola, Sr. Wells —dije esbozando una sonrisa.

—Hola, Amanda. Rezumas juventud y frescura. Siempre es un placer tenerte en nuestra casa. Pero pasa, no te quedes ahí parada.

—Un segundo que coja la escultura... —El Sr. Wells me impidió el paso hacia el coche con su bastón.

—¡Deja!, ¡deja!, no vaya a ser que te lastimes. ¡Julio! —Un sirviente apareció de la nada junto a mí.

—Sí, señor.

—Coge la escultura del coche de la señorita Amanda y llévala dentro —dijo en tono impositivo.

—Sí, señor.

—¿No quieren verla...? —El Sr. Wells volvió a interrumpirme, esta vez, con una pícara sonrisa enmarcada por su gran bigote blanco.

—Confiamos en ti, Amanda, sabemos que esta superará a la última. Pero pasa, pasa.

El Sr. Wells rodeó mi cintura con su brazo y su humeante pipa, y me introdujo a pequeños empujoncitos en la casa, donde otro de sus sirvientes nos esperaba con una bandeja de copas de cava que parecía flotar sobre las yemas de sus dedos enfundados en guantes blancos.

—Señorita —dijo aquel pincelado sirviente mientras se inclinaba ante mí con una sutil reverencia.

—Muchas gracias.

—Acompáñanos, Amanda —dijo la Sra. Wells al tiempo que me arrastraba del brazo tras ella—, hemos preparado unos canapés en el salón. ¿Tienes hambre?

—Un poco, la verdad. —Lo cierto era que me moría de hambre, no había tenido tiempo de comer nada.

—Pues ¡hale!, a comer, que los jóvenes de hoy os alimentáis del aire —y me ofreció una bandeja repleta de canapés de todo tipo de exquisiteces—, pero cuéntanos, ¿cómo te va todo?

—Muy bien, Sara —dije con la boca repleta de caviar—, la verdad es que no me puedo quejar.

—Pero siéntate, Amanda —dijo amablemente el Sr. Wells, indicándome un asiento libre justo a su lado—, y dime... ¿ya tienes novio?

—Pues... novio, novio, lo que se dice novio... no, pero estoy muy bien así.—Esta vez le tocó el turno a una deliciosa galleta salada con abundante *philadelphia* y salmón ahumado.

—Yo siempre quise que fueras mi nuera. Tú y Terry hacéis muy buena pareja, y él aún no tiene novia, ¿sabes? —El señor Wells siempre había querido emparentarnos.

—Ya lo sé, Peter, pero ahora mismo hay un océano entre nosotros. —No podía parar de comer, ahora un cóctel de gambas con salsa rosa.

—Eso nunca ha sido problema si dos quieren. ¿Tú qué opinas, Sara?

—Que a mí también me gustaría tenerte en nuestra familia.

—Pero si ya me tenéis... sois ustedes adorables, y estos canapés están riquísimos.

—Cambiando de tema. ¡Julio!

—Sí, señor. —Y apareció el mayordomo sigilosamente tras nosotros.

—Trae la escultura.

—Ya la tiene aquí, señor. —Y como si de un truco de magia se tratara, la escultura apareció de la nada.

—Siempre tan eficiente. Gracias, Julio, ya te puedes retirar.

—¡Oh! ¡Dios mío! Es la viva imagen de Terry —exclamó la

45

señora Wells cubriéndose la boca con ambas manos.

—Magistral, Amanda, magistral. Has superado nuestras expectativas —dijo el Sr. Wells.

—Muchísimas gracias a los dos. Siempre es un placer trabajar para ustedes.

—Te esperamos mañana, Amanda. La recepción será a las cinco de la tarde, seguro que Terry se alegrará de verte —dijo al tiempo que me hacía un guiño— y trae a tus amigos, sabes que son todos bienvenidos en esta casa.

—Lo sé, Sr. Wells, lo sé, aquí estaremos. Y ahora, sintiéndolo mucho, tengo que marcharme, aún me queda una hora de camino hasta Wiltshire y llego tarde.

—¿Una cita? —dijo en tono picaresco el Sr. Wells.

—Deja a la chica en paz, ¿a ti qué te importa?, viejo inmiscuido —y tras la reprimenda se giró hacia mí—. Ve, Amanda, ve, y cuidado en la carretera.

—Lo tendré, les veo mañana.

—Hasta mañana —dijeron al unísono.

—Adiós.

Julio, muy atento, me acompañó hasta la entrada.

—Buenas noches, señorita Amanda. Permítame decirle que está usted muy guapa esta noche.

—Muchas gracias, Julio. Buenas noches.

Tras el inesperado halago de Julio, justo antes de cruzar la puerta y poner rumbo a Wiltshire, miré de nuevo al interior del salón. Parecían dos adolescentes en su primera cita, se miraban el uno al otro con tal complicidad, que parecían ser la misma persona. Me encantaba estar cerca de ellos y poder comprobar, de primera mano, que el amor existe; aunque poco frecuente, pero está ahí, esperando pacientemente ser encontrado. Estando a su lado te llegaban a contagiar esa magia; es como mejor llego a interpretarlo, una magia tan maravillosa, que el paso del tiempo no había podido hacer mella en ellos.

Ya en el coche y hechizada por los Wells, pisé a fondo el acelerador y puse rumbo a mi cita de los martes.

Nunca me hubiera interesado por la poesía de no haber sido por Giovanni y su forma de expresarla. Cuando llegó aquí por primera vez, estaba melancólico, con la mirada triste. Salió huyendo de Nápoles una mañana de invierno por causa de un desamor que aún hoy en día sigue recordando tan fervientemente que sus ojos se llenan de lágrimas de amargura con tan sólo recordar su nombre. Se habían jurado amor eterno, nada ni nadie les podría separar, juramento que duró apenas unos meses. Un desafortunado accidente de coche hizo mella en la memoria de Tiziana, la que borró por completo el recuerdo de Giovanni. Ella enloquecía cada vez que Giovanni intentaba acercarse, y la familia optó por cerrarle las puertas de su casa, nunca más sería bienvenido ni volvería a verla. Estuvo al borde de la locura. Pasaba noches al raso esperando ver su rostro tras la ventana, pero ella no apareció nunca. Después de meses de agonía, desistió en su intento por recuperarla. Aun así, siempre guardó ese "tal vez", esa esperanza de que algún día se cruzaría con ella y la magia volvería a surgir entre ellos. El encuentro llegó unos meses después, cuando la vio a las puertas de un café que solían frecuentar. Cruzó la calle a paso de gigante gritando su nombre, pero ella no le reconoció, le apartó de su lado y entró en el café dónde un hombre la envolvió entre sus brazos. Ese día lo dejó todo y salió huyendo del fantasma de Tiziana; salió huyendo del que había sido el amor de su vida. No podía soportar la idea de volver a cruzársela, de volver a verla en brazos de otro hombre.

A veces, en la intimidad, gritaba su nombre inconscientemente en vez del mío. Y es que creo que cuando hacíamos el amor, no eran mi

47

cara ni mi cuerpo los que acariciaba, sino los del fantasma de Tiziana que le perseguiría el resto de su vida. Seguía viva en sus poesías, en cada párrafo que escribía, en cada uno de sus pensamientos; y los recitaba sin descanso, aquí, en el *Café Teatro* como cada martes desde hacía ya dos años, seis semanas y tres días.

Llegué veinte minutos tarde y el recital ya había comenzado. Todo el bar estaba en silencio escuchando atentamente los poemas de Giovanni, bueno, todos menos Rachel, que parecía tener una acalorada discusión con su marido frente a la puerta de los aseos de señoras. Me encaminé a través de las abarrotadas mesas hacia una justo al lado del escenario, donde Giovanni había dejado su maletín de cuero y su gabardina negra. Había cuatro vasos sobre la mesa, uno de ellos tenía marcas de carmín rojo y era Jack Daniels, por lo que deduje que sería de Rachel. Cogí el vaso dispuesta a darle un buen trago, pero no llegué ni a olerlo, un brazo apareció tras mi cabeza y me lo arrebató de la mano.

—Hijo de puta.

—¿Estás bien, Rachel?

—Está con otra, sé que esta con otra y el muy cabrón me lo sigue negando —tenía los ojos fuera de las órbita—. Antes sólo desaparecía los fines de semana, pero anoche tampoco volvió a casa y ha llegado esta tarde como si la cosa no fuera con él.

—Yo ya te dije un día lo que pienso de vuestra relación, ahora todo lo demás está de tu mano. ¿Por qué no lo dejas de una vez?

—Lo sé, sé que tengo que dejarlo, pero...

—Pero ¿qué?

—Nada, no lo entenderías, nadie lo entiende —dijo terminando el vaso de un trago.

—Ya, lo único que entendemos es que las mujeres como tú salen en los noticiarios degolladas. Tienes que hacer algo.

—Y lo haré, te prometo que un día de estos le pongo de patitas en la calle.

—A ver si es verdad, me harías muy feliz.

—Lo haré —y asintió con la cabeza.

—¿Vendréis mañana a la fiesta de los Wells?

—¡Lo había olvidado! —exclamó con los ojos muy abiertos—. ¿A qué hora es?

—A las cinco.

—¿Pasas a recogernos?

—Hecho.

Tomy, el marido de Rachel, nos había estado observando desde la barra. No me quitaba ojo y le saludé con la mano. Él, con aires de soberbia, me guiñó un ojo y lanzó un beso al aire. Siempre hacía lo mismo, aprovechaba cualquier descuido de Rachel para insinuárseme, y en más ocasiones de las que me gustaría recordar, me había perseguido hasta los aseos e intentado besarme. Lo hubiese estrangulado de no haber sido porque medía casi dos metros de estatura, y yo, tan sólo uno sesenta. Mis intentos por quitármelo de encima le daban risa.

Aquella noche siguió su misma táctica. Continuó mirándome mientras apuraba el vaso, lo dejó lentamente sobre la barra y articuló unas palabras que no acerté a adivinar. Le volví la cara y vi a Rachel que andaba tan cabreada, que se había puesto a coquetear con un niño que no llegaría ni a los diecisiete años que tenía frente a ella. Yo, mientras tanto, fijé la vista en Giovanni, pronto terminaría y nos marcharíamos de allí. Me levanté de la mesa y me encaminé hacia el otro extremo de la barra donde Tomy no pudiera acercarse a mí y pedí una copa mientras el recital terminaba. Esperé entre la gente, deseando ver a alguien conocido con el que poder entablar conversación, y para mi sorpresa, vi a James junto a una mujer a la que tenía cogida por la cintura. Sentí celos de aquella chica. James siempre había estado a mi lado en esas situaciones, y siempre acabábamos riéndonos de los pesados de turno como Tomy. Pero esta vez estaba sola.

Esperé pacientemente intentando no mirarlos, pero era superior a mis fuerzas. Ella le sonreía coqueta mientras se apartaba el pelo de sus grades ojos, y él la contemplaba totalmente embobado. Cómo cambiaba la historia, esa había sido yo durante mucho tiempo. Ahí lo tenía, el claro ejemplo del hombre que piensas que siempre estará a tu lado, y te deja sin el menor miramiento por la primera que pasa. Un beso y todo se va al carajo. Una amistad de toda la vida esfumada en una noche por querer pensar en algo más.

—¿Quieres otra copa? —me susurró al oído una voz masculina, la que comprobé, para mi disgusto, que era la de Tomy, al que tenía indecentemente cerca.

—No, gracias —dije mirándole fijamente a los ojos con una clara expresión de desagrado.

—Creo que alguien ha encontrado una nueva amiguita —dijo mientras señalaba con los ojos a James.

—Déjame en paz.

—¿Qué vas a hacer ahora los viernes? Si quisieras... tú y yo...

—¡Déjame en paz, cerdo! —Intenté apartarlo de un codazo y me agarró del brazo acercándome a él bruscamente— ¡Piérdete, Tomy! —lo empujé con fuerza y conseguí zafarme de sus garras.

Giovanni, que estaba ya casi frente a nosotros, me miró con cara de entender lo que estaba sucediendo e hizo amago de ir a por él.

—Déjalo, no merece la pena —dije agarrándole del brazo.

—¿Estás segura?

—Completamente. Vámonos de aquí, ¿quieres?

—Por supuesto. Déjame coger mis cosas y nos vamos.

—Te acompaño.

Me cogió de la mano y lo seguí hasta la mesa donde encontré a Rachel que permanecía en la misma postura flirteando con aquel chico.

La situación era patética, ella intentado darle celos a su marido y él tratando de propasarse conmigo.

—Deja a tu marido de una jodida vez. ¿Me oyes? —le dije enfurecida a Rachel.

Ella sabía muy bien de lo que estaba hablando. Cogí mis cosas, y sin mediar más conversación, di media vuelta y me marché del brazo de Giovanni, cometiendo un grave error, mirar atrás. Entonces vi cómo James besaba a aquella chica y sus ojos, a la vez, se encontraron con los míos. La mano de Giovanni me arrastró fuera del local, me llevó hasta su coche y me envolvió en un tierno abrazo. Yo... sólo tenía ganas de gritar.

JAMES

—Si no te importa, esta noche me gustaría estar sólo.

—Pero, James, yo...

—Perdona, pero esta noche, no.

—¿Estás bien? Yo pensaba que...

—¡Tú no piensas nada!

—Pero ¡¿qué te pasa?!

—Déjame en paz.

—¿Me quieres explicar qué te ha pasado en los últimos cinco minutos de la noche? Te recuerdo que has sido tú quien me ha llamado.

—Lo sé, perdona, pero no me encuentro bien.

—Aclárate las ideas, guapo, y la próxima vez, para esto ni me llames.

—Lo siento.

—Estáis todos locos.

—Te llamo otro día, ¿vale?

—¿Cómo? ¿Después de cómo me has hablado?, ni lo sueñes,

¿sabes lo que te digo? ¡Que te den!

Habíamos pasado casi toda la noche abrazados, él sentía la necesidad de cariño y yo necesitaba a alguien que me abrazara. No tenía ganas de hacer el amor por despecho una vez más.

Alrededor de las diez de la mañana se despidió con un beso y se marchó a la universidad. Cuando salió por la puerta, sentí una necesidad atroz de coger el teléfono y llamar a James. Tras tener el móvil en la mano unos segundos, conseguí controlar mis impulsos y me embarqué de lleno en mi trabajo. Jacob estaba al caer. Cogí unos bocetos que tenía aparcados hacía ya un tiempo y comencé a darles forma. Me senté frente a la chimenea de casa, aún quedaban brasas y las avivé con un trozo de leña. Respiré aquel olor a pino quemado y a resina, cerré los ojos y vinieron a mi memoria la infinidad de veces en que James y yo habíamos pasado junto a la chimenea saboreando una buena copa de vino. En aquel momento, recordé la botella de vino español que tenía en la bodega, la había comprado expresamente para beberla con él un par de días antes de que sucediera todo en aquella maldita acampada. Me quedé dudando de nuevo unos segundos antes de coger el móvil, nuestra amistad no se podía terminar así. Marqué su número y esperé, uno... dos... tres..., nada, cuatro... cinco... pero no obtuve respuesta alguna. Cuando se activó el buzón de voz, colgué. Estaba segura de que estaría con la chica del bar. Me puse furiosa, el silencio de la casa y mi desasosiego empezaban a asfixiarme oprimiéndome la garganta hasta dejarme sin respiración. Corrí hacia la puerta trasera de la casa y salí al jardín, la helada brisa de aquella mañana me hizo volver a recobrar la respiración. Respiré profundamente y contemplé aquel paisaje verde esmeralda repleto de tulipanes rojos que desde niña había dibujado en lienzo una y otra vez, y cuya belleza hacía borrar de mis pensamientos cualquier cosa que no fuesen aquellas maravillosas vistas. La vida hacía una pausa cada vez que las contemplaba. Me quedé allí, en mi remanso de paz, absorta por el momento con la mente en blanco. Respiré hondo y dejé que la furia se alejase de mí con cada una de mis respiraciones, tan sólo necesitaba contar hasta cinco para que todo volviese a la normalidad. Uno... dos... tres... cuatro... cinco... mmmm, mucho mejor. Al cabo de unos minutos la humedad comenzaba a calarme los huesos y decidí entrar, pero al cerrar la puerta, vi algo tirado en el suelo a través del cristal, la abrí de nuevo y lo recogí. Era un ramo de rosas rojas como el que había recibido el día anterior en Reading y había una tarjeta, también roja, junto a él. La abrí con cautela, y al igual que en la anterior, había un número impreso, esta vez el cincuenta y cuatro. Miré a mi alrededor con la esperanza de ver a Ted escondido en algún lugar del jardín, pero no vi a nadie y entré en casa antes de quedarme totalmente congelada. Las dejé sobre la mesa de la cocina y me dirigí a telefonearle para averiguar a qué tipo de juego estábamos jugando, cuando alguien llamó repentinamente a la puerta.

—Amanda.

Fui a ver quién era y me pareció reconocer la voz de James. Me quedé unos instantes tras la puerta conteniendo el aliento hasta que volví a oírlo y comprobé que realmente era él.

—Amanda, ¿estás ahí? —Conté hasta cinco y abrí la puerta. Me quedé parada sin saber muy bien qué decir.

—Hola, Amanda, ¿va todo bien?

—Eh... sí.

—Iba de camino al trabajo y he visto a alguien salir corriendo de tu jardín.

—¿De mi jardín?

—Sí, hará cosa de unos quince minutos. Tan sólo quería comprobar que estabas bien.

—Sí, muy bien. ¿Qué tal anoche con...?

—Bien, gracias, ¿y... y... tú?

—Bien.

—Me alegro, y... bu... bu...bueno, cre... creo que te debo una disculpa por co... cómo te hablé el otro día.

—No tienes que... (¡Joder!, ahora, no) —pensé, y vi a Jacob acercándose a nosotros.

—Hola, ¿interrumpo algo? Me han adelantado la clase de alemán esta tarde, Amanda. —Jacob siempre con el don de la oportunidad. Casi lo fulmino con la mirada.

—Pues...

—No, no, yo ya me iba —dijo James, dándose la vuelta y dirigiéndose hacia su coche.

—James, yo... —no quería que se marchase—. ¡James! —pero no se detuvo.

—Bueno, pues... —dijo Jacob en tono precavido evitándome la mirada—, empezamos cuando quieras que hoy vengo con ganas. ¿Por dónde quieres empezar? —se giró hacia James y levantó la mano—. Adiós, James.

—Adiós —dijo mientras entraba en su coche y se despedía de mí con la mano y la mirada fija en el suelo.

—Mira que eres oportuno —le espeté malhumorada a Jacob—. ¡James! ¡James, espera!

Salí corriendo tras él, pero su coche ya estaba casi a una manzana de casa. Me quedé parada en medio de la carretera oliendo a rueda quemada. Aún llevaba puesto el pijama de seda, y de nuevo la gélida brisa de aquella invernal mañana calaba mis huesos.

—¡Tú, tan oportuno como siempre! ¡Joder! —Jacob no sabía dónde meterse.

—Lo siento, yo...

—¡Déjalo, Jacob! ¡Déjalo!

—¿Quieres que me vaya? o...

—O... o... ¡pasa y quítate la ropa! y la próxima vez que me veas hablando con alguien ni te acerques, ¿lo has entendido? —tenía el dedo índice apuntándole directamente a la cara.

—Ajá —dijo asintiendo con la cabeza.

—Muy bien, pues a trabajar.

Mientras Jacob se desnudaba, marqué el número de James pero estaba apagado o fuera de cobertura. Quizás no estuviera todo perdido, algo me decía que lo iba a recuperar, pero... ¿qué hacía James a esas horas en casa? Bueno, ¿qué más daba?, lo importante era que se arrepentía de lo que me había dicho el otro día, no me consideraba una puta, aunque viendo esa mañana a Jacob... y si había visto salir a Giovanni de casa... Lo tenía, le invitaría a la fiesta de los Wells, siempre había estado en sus fiestas y, con la excusa, tendría tiempo de hablar con él. Seguro estaría pensando que yo y Jacob... Y no es que alguna que otra vez no hayamos terminado haciéndolo, bueno, más que hacerlo nos hemos masturbado, se inyecta tantos esteroides que casi no puede mantener una erección más de dos minutos. Y no es que no me excite verle desnudo, por supuesto que sí, tiene un cuerpo perfectamente esculpido al detalle, de sangre cubana y tez canela, pero es que no consigo llegar al orgasmo con la penetración en menos de dos minutos.

Nuestras primeras citas fueron desastrosas. Necesitaba un modelo para practicar en casa y cubrir el hueco de los miércoles, una buena amiga me comentó que ella había encontrado a un pura sangre a través de un anuncio en el periódico, y seguí su consejo. Recibí unas treinta llamadas en cuestión de dos horas. Lo cierto es que se les pagaba bien, y lo único que tenían que hacer era desnudarse y quedarse quietos. No era de extrañar que se pegaran por el puesto e hicieran todo lo que se les ordenara. Era una buena forma de pasar el rato, al tiempo que practicabas, te recreabas la vista y tenías a un macho a tu entera disposición. Generalmente eran jóvenes que venían de intercambio y no conocían muy bien el idioma. Era dinero fácil para ellos. Como Jacob, que había venido a probar fortuna como modelo, aunque aún no le había salido ningún contrato, y este tipo de trabajo le subía la autoestima. Procedía de una familia humilde, su padre era el típico macho que se quedaba en el bar hasta tarde y se gastaba el sueldo en prostitutas. Su madre trabajaba limpiando casas y atendiendo a sus ocho hijos. Él tuvo que trabajar desde muy pequeño recogiendo chatarra y ejerciendo de padre de sus siete hermanos. Sentía pena por él, cada miércoles hablábamos largo y tendido de nuestras vidas, de sus sueños, de sus frustraciones, y estaba segura de que lograría cumplir su sueño, era joven, guapo y tenía toda la vida por delante. Mientras tanto, a mí no me suponía nada tenerlo en casa unas cuantas horas y ayudarle económicamente, que en realidad no era por trabajo, lo hacía como una pequeña aportación hacia su carrera hasta que alguna agencia le echara el ojo y saltara a la fama. Hasta entonces, lo vería cada miércoles en casa. El sexo era lo de menos puesto que era bastante escaso. Lo único que sacaba de esas citas, era que, por lo menos, no se tenía que prostituir como muchos otros que querían alcanzar sus metas. De vez en cuando nos masturbamos uno a cada lado de la habitación, yo tras mi lienzo y él sobre su altar. Disfrutamos observándonos el uno al otro. Yo fantaseaba un poco pensando en su escultural cuerpo sudoroso galopando sobre mí con su larga melena negra sobre su rostro. Le imaginaba penetrándome una y otra vez de todas las maneras imaginables, de lado, por detrás, en la ducha... tan sólo con observarle, aunque estuviera a una distancia considerable, podía oler la esencia de su cuerpo y sentir el tacto de su ruda piel.

—¿Cómo quieres dibujarme hoy? Tumbado, de espaldas... tú mandas —dijo con un tono jovial y una sonrisa de oreja a oreja.

—Como quieras, Jacob. Hoy me es indiferente —le contesté de manera cortante y con la mirada clavada en la ventana.

—La he fastidiado, ¿verdad? —Pude sentir el arrepentimiento en sus palabras.

—No te preocupes, se arreglará.

—Pero ese era James, ¿no? Lo ves todos los viernes. —Desvié la mirada a Jacob con un leve movimiento de cuello, y me encontré con una gran interrogación impresa en la expresión de su cara.

—Así es, o mejor dicho, era. —Y volví a clavar la mirada en la ventana.

—Han entrado en juego los sentimientos. Después de tantos años era lógico que sucediera tarde o temprano —dijo Jacob.

—Muy lógico no es, lo nuestro siempre había sido pura amistad. —Y continué mirando por la ventana con melancolía.

—Eso es lo que tú creías —se acercó a mí y puso su brazo sobre mi hombro—, seguramente él haya estado enamorado de ti toda su vida y se conformase con tu amistad porque le parecías inalcanzable.

—¡Qué tonterías dices! —Y le dediqué una mirada de indulgencia.

—De tonterías, nada —se inclinó hacia mí y me susurró al oído—, lo que pasa es que has estado siempre tan ocupada con tus líos amorosos que nunca te habías fijado en él de ese modo. ¿Me equivoco?

—Pues a lo mejor... algo de razón llevas —me quedé pensativa unos segundos—. ¿Te puedo hacer una pregunta?

—Claro —dijo distanciándose de mí.

—¿Has estado enamorado alguna vez?

—Más de una. —No pareció darle mucha importancia.

—¿Enamorado de verdad? —volví a insistir, y esta vez, me giré para mirarle directamente a los ojos.

—Sí, ¿por qué lo preguntas? —su cara parecía un poema.

—Y... ¿qué pasó?

Jacob enmudeció, y luego de unos segundos con la mirada perdida, se encaminó pensativo a la alfombra que había frente a la chimenea del salón, se recostó en ella, y tras negar un par de veces con la cabeza y dejar la mirada clavada en el suelo, comenzó a hablar. Yo me acomodé frente al lienzo, y carboncillo en mano, comencé a esbozar su silueta mientras le escuchaba atentamente.

—No salió bien. ¿Quién sabe?, era demasiado joven creo yo. Tenía dieciocho años y ella treinta y dos, pero no vi la diferencia de edad, tan sólo miraba en su interior y lo que vi me enamoró. El abismo que nos separaba al final resultó ser demasiado grande y todo cayó por su propio peso. Un día fui a buscarla a su casa y me encontré con las puertas abiertas y las habitaciones vacías. Lo único que me dejó fue una carta de despedida que aún guardo conmigo. Después vinieron unos cuantos chascos más, pero los he sabido llevar. A fuerza de sufrimiento se aprende a soportar mejor el dolor.

—¿Aún sigues creyendo en el amor? ¿En encontrar a tu alma gemela? —dije mientras dibuja a carbón su escultural cuerpo y clavaba mi mirada en su semblante.

—Sí, creo que está en algún lugar. Que a fuerza de desengaños se aprende y que, al final, aparecerá. Estoy seguro de ello —dijo afirmando cada una de las palabras—. ¿Tú no? —Me quedé pensativa con las palabras de Jacob.

—Quizás tengas razón y no haya mirado a mi alrededor. —Dejé el carboncillo en el suelo y me atusé el pelo enérgicamente.

—Suele pasar, no eres la única.

—Ya. —Empecé a darle vueltas a mi amistad con James y empezó a salirme humo por las orejas.

—Y... ¿podría preguntar... —dijo en tono juguetón— de quién son esas rosas rojas que están sobre la mesa... sin agua?

—¿Perdona? —Estaba tan inmersa en mis pensamientos que no había oído ni una palabra.

—Las rosas, que quién te ha regalado ese ramo de rosas rojas que tienes sin agua sobre la mesa.

—¡Ah!... sí —y me quedé pensativa una vez más. Las endiabladas rosas—, pues no lo sé. Las encontré tiradas en el suelo del jardín.

—¿Y no tienes ni idea de quién las ha podido enviar? —me preguntó con cara de incredulidad.

—Tengo una vaga idea de quién ha podido ser, ayer recibí otro. Lo extraño de todo es que en las tarjetas no pone nada, tan sólo unos números impresos. Realmente no sé a qué tipo de juego está jugando, es un tanto extraño. —Recogí el carboncillo del suelo y continué con el dibujo intentando no darle más importancia de la que tenía.

—¿Y esos mensajes que recibías?

—Sigue igual, aunque lleva un par de días que me ha dejado tranquila. Quizás se le haya pasado. —Corté por lo sano con el tema y me sumergí de lleno en el lienzo. Tras unos escasos minutos de tranquilidad, Jacob sacó a relucir lo que llevaba dando vueltas en mi cabeza desde que empecé a recibir esos dichosos mensajes.

—O quizás no, y esté tramando algo peor que unos simples mensajes. Quizás el que manda las rosas sea la misma persona. —Y nos quedamos mirándonos mutuamente sin decir nada. Se incorporó y se sentó lentamente sobre sus talones—. La mente humana es muy retorcida. Deberías denunciarlo, sólo por si acaso.

—Me estás asustando, Jacob. ¿De dónde sacas esas tonterías? Yo lo que creo es que ves demasiadas películas de terror —dije esbozando una sonrisa.

—Sólo te digo que lleves cuidado. Hay mucho loco suelto por el mundo.

Las palabras de Jacob me hicieron pensar, aunque realmente creyese que no era para tanto. Una rápida llamada a Ted más tarde y saldría de dudas. Estaba segura de que era él quien enviaba las rosas, y no un loco de pensamientos obscenos como decía Jacob.

Lo mío no era la puntualidad, todo lo contrario, era un completo desastre en tema de horarios, y ese, definitivamente, no era mi día. La sesión de dibujo con Jacob se había alargado como de costumbre, Rachel aún no estaba lista cuando fui a recogerla y mis intentos por localizar a Ted y a James habían sido fallidos. Ambos tenían los móviles apagados.

Para cuando quisimos llegar a la fiesta ya llevábamos más de media hora de retraso y un cabreo monumental. Tomy, el marido de Rachel, no había dado señales de vida. Había salido por la noche y aún no había aparecido por casa, hecho que verificaba las sospechas de Rachel de que estaba teniendo una aventura. Tenía el ánimo por los suelos y los ojos enrojecidos de tanto llorar, y tuve que arrastrarla, literalmente, para levantarla del sofá y sacarla de casa.

Cuando paré el coche frente a la entrada de los Wells, no encontré un sólo espacio para aparcar. Había coches por todos lados situados simétricamente en batería. No veía cómo iba a meter el mío allí. Tras devanarme los sesos unos segundos, uno de los sirvientes se acercó a mi ventanilla y abrió la puerta. No entendí nada hasta que aquel muchacho de pequeña estatura y gorro rojo se ofreció a aparcar el coche. "¡Bien!" Me estaba volviendo loca, "un problema menos". Dejé el motor encendido y nos dirigimos a la fiesta. Julio, el mayordomo, esperaba en la puerta como si de una estatua se tratara, con una amplia sonrisa y un brillo de ojos poco usual en él.

—Buenas tardes, señoritas —dijo al tiempo que se inclinaba con una leve reverencia.

—Buenas tardes.

—Es un placer volver a verla, señorita Amanda.

—Muchas gracias, Julio.

—Los señores las esperan en el jardín con el resto de los invitados. Adelante.

Y nos acompañó hasta los jardines de la parte trasera del castillo, dónde habían colocado una preciosa pérgola de madera de dimensiones exageradas, bajo la cual, descansaba el busto de Terry sobre un pódium cubierto de raso blanco que habían rodeado de flores de un sin fin de colores. Las mesas iban andando a través de la gente ofreciendo todo tipo de comida y bebida. Las chicas que las portaban emergían de un agujero central y las sostenían en sus hombros con ayuda de una especie de tirantes multicolores que hacían juego con la licra de cuerpo entero y el gorro con forma de pavo real. El jardín estaba repleto de gente por todos lados. Rachel y yo nos hicimos un pequeño hueco junto a la estatua esperando encontrar una cara familiar entre tanto desconocido. Todos iban vestidos de esmoquin, trajes de alta costura y sombreros de lo más extravagantes. Entre el incesante vaivén de gente, una de las mesas se detuvo frente a nosotras. La modelo, muy simpática, nos expuso con una de sus mejores sonrisas el variado menú: ostras, centollos, caviar, salmón, gambas y un sin fin de exquisitos platos que mantenía en aquella mesa flotante con una sutil elegancia. No sabía por dónde empezar.

—El salmón está exquisito, recién traído de Noruega. Lo cacé yo mismo —esa voz tenía un tono bastante familiar. Levanté la mirada de los platos, y encontré la primera cara conocida frente a nosotras. Era Peter, el mayor de los hermanos Wells.

—¡Peter!

—¿Qué tal, Amanda? Te veía un poco confusa —dijo con una cálida voz.

—La verdad es que con tanto manjar no sabía por dónde empezar —rodeé la mesa y le di un abrazo.

—¡Cuánto tiempo! ¡Qué bien te veo, Amanda!

—Lo mismo digo —seguía tan guapo como siempre luciendo una de sus mejores sonrisas.

—Ante todo, mi más sincera enhorabuena por la escultura. Te superas con los años.

—Muchas gracias, aunque creo que la mejor de todas fue la que te hice hace unos... ¿quince, dieciséis años?

—Wimbledon, 1997. ¡Cómo pasa el tiempo! —dijo con tono de añoranza.

—La verdad es que sí. ¿Todo bien por Noruega? —no podía dejar de mirar sus resplandecientes ojos azules. El paso de los años le había sentado muy bien.

—No me puedo quejar, el negocio me va muy bien y mi matrimonio también. Ya vamos a por el tercero, a ver si hay suerte y viene el niño. Y tú, ¿algún cambio? —levantó una copa de champagne y bebió un buen sorbo—. ¿Has encontrado a tu media naranja? —y me clavó una juguetona mirada.

—Mi vida sigue igual que siempre, por suerte o... por desgracia, pero estoy feliz y eso es lo que importa. No tengo ninguna prisa —cogí una copa de champagne de la mesa y bebí un par de sorbos. Su forma de mirarme me intimidaba.

—Mira quién viene por ahí, andaba buscándote ya hace un buen rato —unos fuertes brazos me alzaron a más de medio metro del suelo.

—¡Amanda! Pero ¡qué guapa estás!

—¡Terry!

—Ya estaba empezando a pensar que no vendrías —dijo mientras seguía manteniéndome en volandas con los brazos bajo mi trasero.

—¿Cómo me iba a perder una de vuestras fiestas? Estás igual de guapo que siempre, no has cambiado nada —le cogí la cara con ambas manos y le espeté un beso en la mejilla—, y ahora bájame si no quieres que todos tus invitados me vean la ropa interior. —Y con una sonrisa esplendorosa me dejó lentamente en el suelo, mientras apartaba sus musculosos brazos de mis partes traseras.

—Te la robo unos segundos hermano, que madre quiere hacerle los honores a la artista.

—Toda tuya. Un placer volverte a ver, Amanda.

—Igualmente, Peter. —Terry agarró mi mano y me condujo entre la gente mientras yo le hacía un gesto a Rachel para que nos siguiera, pero ella me ignoró y siguió hablando con Peter.

—Mi madre te está esperando, si no... —dijo mientras se giraba hacia mí y me dedicaba una sonrisa maliciosa.

—Si no, ¿qué? —le contesté juguetona.

—Que te raptaba ahora mismo y te llevaba conmigo a San Francisco —nos habíamos quedado parados uno frente al otro en medio del tumulto— ¿Te he dicho ya que estás realmente guapa esta noche?

—Un par de veces, pero gracias —sus palabras hicieron que mis mejillas se sonrojaran.

—De nada —y continuamos andando con las manos entrelazadas—, aquí la tienes madre, toda tuya —dijo Terry al encontrarse con la Sra. Wells que estaba junto a la escultura con los brazos abiertos y un micrófono en la mano.

—¡Y aquí tenemos a la artista! ¡Amanda Watts! —agarró mi mano y me subió al pódium junto a ella. Sara ya llevaba unos cuantos vinos de más.

Me quedé paralizada frente a tanta gente. Ya debería estar acostumbrada a este tipo de presentaciones en casa de los Wells, pero aún no había podido superar mi miedo escénico a hablar en público. Di las gracias a todos con la voz entrecortada y bajé de aquel pódium a la velocidad de la luz. Todos aplaudían y se agolpaban a mi alrededor para darme la enhorabuena. Todo aquello me abrumaba, y una vez hube terminado con la tanda de apretones y besos, me dirigí hacia una parte de la casa donde no hubiera gente para poder disfrutar de unos minutos de tranquilidad. Estaba empezando a oscurecer y el cielo iba cambiando gradualmente; del tono magenta pasó al fucsia hasta quedar parcialmente oscurecido, entonces la Luna hizo aparición entre miles de estrellas que lo cubrían casi en su totalidad. Era una noche preciosa, y hubiera sido aún más hermosa si James hubiera estado a mi lado. Me apoyé pensativa en una de las tantas estatuas que me rodeaban en aquella especie de laberinto y contemplé el cielo un largo rato hasta que la noche cayó implacable entre mis pensamientos. Venía acompañada de una heladora escarcha que enseguida hizo mella en las yemas de mis dedos de ambas manos y en las plantas de mis pies. Comencé a tiritar, mis piernas temblaban y los dientes castañeaban incesantemente. Ya era hora de regresar a la fiesta o corría el riesgo de convertirme en estatua de un momento a otro.

Para cuando quise volver a los jardines, gran parte de los invitados había pasado al interior de la casa. Tras una rápida ojeada, vi a Rachel junto a una de las chimeneas conversando alegremente con Terry. Se atusaba el pelo coquetamente y entornaba los ojos de forma juguetona. Continué inspeccionando la sala mientras me encaminaba al interior entre el tumulto de gente. Junto a otra de las chimeneas que presidía el salón, descansaban casi todos los componentes de la familia Wells. Estaban sentados en un inmenso sillón de cuero marrón frente a las avivadas llamas, enzarzados en lo que parecía una acalorada discusión entre el Sr. y la Sra. Wells. Era algo muy normal en ellos cuando bebían unas copas de más. Continué atravesando el gran salón hasta estar cerca de una de las tantas chimeneas que tenía la sala. Mientras calentaba mis manos, me fijé en el tallado de la piedra que bordeaba la boca de la chimenea y que continuaba ascendiendo por el tiro central hasta llegar al techo. Era verdaderamente preciosa.

—¡Hija mía!, ¿de dónde vienes? ¡Estás helada! —exclamó una señora que tenía justo a mi lado.

—No salga al jardín, corre el riesgo de morir congelada —y le dediqué una de mis mejores sonrisas.

—Ni hablar —me dijo negando con la cabeza—. ¿Necesitas algo?, ¿una manta... una copa para entrar en calor...? —y alargó la frase hasta que me decidí.

—Una copa me vendría bien, gracias —dije frotándome las

manos con fuerza.

—De nada, un buen coñac te sentará bien. Ahora vengo. Amanda, ¿verdad? —Tenía una gentil sonrisa en la cara.

—Ajá —asentí gratamente.

—Mi nombre es Débora, encantada —se acercó a mí y me besó en ambas mejillas—, y enhorabuena por la escultura. Vuelvo en cinco minutos.

—Muchísimas gracias. (¡Qué señora tan amable!) —pensé.

Cogí una silla y me senté frente al fuego a esperar a aquella amable señora. Estaba comenzando a entrar en calor, cuando la canción de Benny Hill comenzó a emanar del interior de mi bolso. El latido de mi corazón se aceleró en cuestión de segundos y me apresuré a descolgar. Podría ser James.

—¿Sí? —dije contestando de manera muy efusiva.

—Hola, Amanda —aquella voz no era la de James.

—¿James?

—No, Antonio.

—(¡Antonio!) —Me había olvidado de él—. Perdona... esperaba una llamada.

—Ya veo, de James. ¿No habrás olvidado la carrera de mañana?

—(¡La carrera!, ¡joder!) Eh... no. Por supuesto que no —el tono de mi voz me delataba.

—Lo has olvidado —e hizo una pausa antes de continuar—. Estarás en el palco, no puedes faltar, sabes que es muy importante para mí que estés allí.

Lo había olvidado por completo, pero sabía que debía ir, se lo había prometido. Me había hecho jurar que asistiría.

—¡Por supuesto! Yo siempre cumplo mis promesas, ¿o acaso lo

dudabas? —mi tono de voz no le debió de convencer mucho.

—Bueno, más bien digamos que lo habías olvidado pero que cumplirás tu promesa y vendrás.

—Que no te quepa la menor duda —y asentía con la cabeza como si pudiera verme al otro lado del auricular.

—O.K. —dijo en tono receloso—. Tan sólo tienes que decir tu nombre en la taquilla y te darán los pases.

Gracias a Dios, él había cumplido con su promesa y se había acordado de la entrada de Rachel.

—Allí estaré, y suerte, aunque no la necesitas.

—Si estás en el circuito, ganaré.

—Me halagas con tus palabras, Antonio.

—A las diez, ¿de acuerdo? —dijo bastante cortante.

—De acuerdo. *Ciao.*

—*Ciao.*

¡Mierda! Menuda cagada. ¿Cómo había podido olvidar la carrera? Mientras blasfemaba mi pérdida de memoria, aquella simpática mujer había regresado y me miraba con cara de póker.

—¿Novio? —dijo ofreciéndome una deliciosa copa de coñac.

—Amigo.

—Bueno... —dijo en tono maternal—, ¿estás mejor?

—Mucho mejor, y después de beberme esta copa aún lo estaré más. Muchas gracias, Débora.

—De nada, Amanda. Ahora que ya te veo con mejor color de cara, te voy a dejar, debo hacer acto de presencia con los de mi edad —se levantó apoyando uno de sus brazos sobre mi pierna y se acercó para besarme la cabeza—. Tú deberías buscarte un novio, eres demasiado guapa para estar sola —se levantó e hizo un aspaviento exagerado con los brazos sobre la cabeza—. Pero ¡¿qué les pasa a los chicos de por aquí?! Deben de estar ciegos para no verte, guapa, lista y artista. Esta juventud de hoy en día es...

No me dijo ni adiós. Se marchó a paso lento y continuó hablando sola haciendo aspavientos con los brazos alzados hasta que desapareció por la puerta que daba a la sala contigua. En aquel momento, James afloró en mi memoria de una forma palpitante y volví a coger el móvil del bolso con la intención de llamarlo y terminar la conversación de aquella mañana. Pulsé la tecla de desbloquear y antes de poder entrar en la agenda, pude comprobar que, en la bandeja de entrada, tenía un nuevo mensaje, pero no de James, sino de Giovanni.

Buenas tardes, princesa, son las 6 de la tarde, 12 minutos y 22 segundos. Love, Giovanni.

¡Qué extraño! Todo esto de los mensajes y los ramos de rosas estaba empezando a sacarme de quicio. ¿Es que se habían puesto de acuerdo para mandarme el mismo tipo de mensajes? No entendía nada. Marqué el número de Giovanni pero no obtuve respuesta.

—¡Qué concentrada te veo! ¿Va todo bien? —me preguntó una voz, la cual reconocí al instante. Era Rachel.

—Sí, todo bien. Algún tipo de broma, nada por lo que deba preocuparme. Y tú, ¿qué tal? ¿Has conseguido hablar con Tomy?

—No. A saber dónde andará el muy cabrón. Por cierto... ¿qué hora es?

—Pues... —comprobé mi reloj, y para mi asombro ya eran casi las once— tarde, son casi las once.

—¡Joder! ¡Cómo se pasa el tiempo! ¿Nos vamos?, mañana tengo un largo día de trabajo.

—Sí, a mí también me vendría bien descansar un poco. ¡Ah! Por cierto, me ha llamado Antonio, nos ha conseguido entradas para la carrera de mañana. Estaremos en el palco, ¿podrás venir?

—Lo siento, Amanda, me encantaría, sabes que me muero por ir pero estoy desbordada de trabajo. ¿Por qué no se lo dices a Terry? Se queda todo el fin de semana, seguro que te acompaña.

—No sé... —dije negando con la cabeza.

—¡Terry! —Rachel gritó su nombre y le hizo un gesto con el brazo para que se acercara a nosotras.

—¡Rachel! Deja al menos que me lo piense, ¿no? —me miró con desaprobación y volvió a llamarlo.

—¡Terry! Tú calla —Terry dejó a medias la conversación que mantenía con uno de sus primos y se acercó a nosotras.

—¡Dichosos lo ojos! —dijo mientras me envolvía en un tierno abrazo—. ¿Dónde te habías metido?

—En el jardín, tomando un poco el aire —dije devolviéndole el abrazo.

—Pregúntaselo —dijo Rachel guiñándome un ojo—. Terry, Amanda quiere preguntarte algo —se giró hacia mí y me dio un pequeño empujoncito en el brazo—. ¡Vamos!

—¿Haces algo mañana por la mañana?

—Eh... No, ¿por qué?

—¿Vendrías conmigo al circuito? Tengo entradas para el palco —las palabras no fluían con normalidad, sabía que aquello no saldría bien.

—Por supuesto, me encantan las carreras de fórmula uno. ¿A qué hora quedamos?

—¿Te viene bien que pase a recogerte sobre las nueve?

—Me parece estupendo —dijo relamiéndose los labios.

—Bueno, Terry —y desvié la conversación, aquella situación empezaba a incomodarme—, te veo mañana, nos tenemos que ir, lo siento. —Cogí el bolso del respaldo de la silla y le hice un gesto a Rachel para que se diera prisa.

—Adiós, Terry, que lo paséis bien mañana en las carreras. Me ha encantado hablar contigo.

—Igualmente, Rachel —se acercó a ella y le dio un beso en la mejilla—. Hasta mañana, Amanda —se acercó a mí, y tras darme un caluroso beso en la mejilla, se marchó de nuevo a retomar la conversación que había dejado a medias unos minutos antes.

—¡Te voy a matar! —le dije entre dientes a Rachel—. A ver cómo se toma esto Antonio mañana cuando me vea aparecer con él. A veces me da la impresión de que no piensas.

—Has toreado en peores plazas —dijo mientras se atusaba el pelo con gran ímpetu—. ¡Vamos!

Nos despedimos de toda la familia, la cual seguía enzarzada en una trifulca familiar junto a la chimenea. Los excesos del alcohol ya empezaban a hacer mella en la Sra. Wells, la que cayó al suelo en un intento por levantarse del sillón donde llevaba postrada y bebiendo desde que nos resguardamos del frío en el salón. El incidente no pasó a asuntos mayores, y lo arreglaron llamando a Julio para que la acompañara a su habitación. Mientras montábamos en el coche y daba el último vistazo al castillo de los Wells, pude ver a Terry observándonos desde una de las ventanas del salón.

—La has liado bien, guapa —dije girándome hacia Rachel que me miraba con una pícara sonrisa en la cara.

—Calla y conduce. Quizás algún día me lo acabes agradeciendo.

—Lo dudo —arranqué el coche y fruncí el ceño para que Rachel pudiera ver mi desaprobación.

El trayecto a casa de Rachel fue silencioso, ninguna de las dos articuló palabra. Rachel comprobaba su móvil una y otra vez, y yo, tenía la mente en aquellos extraños mensajes, en la conversación de aquella mañana con James, en los dichosos ramos de rosas y en el hombre que había estado en mi jardín, pero ante todo, eran las palabras de disculpa de James las que anulaban el resto de los pensamientos.

Dejé a Rachel en el portal de su casa, y para nuestro asombro, Tomy estaba en una de las ventanas del salón saludándonos como si nada.

—Míralo, el muy cabrón —el semblante de Rachel se endureció de repente.

—¿Te quieres venir a casa? —dije poniéndole la mano sobre el hombro.

—No, déjalo. Prefiero verlo esta noche y decirle cuatro cosas. Vete a casa, Amanda, estaré bien, no te preocupes.

—Cualquier cosa, me llamas, ¿vale?

Asintió con la cabeza y salió del coche. Apagué el motor y me quedé un rato para cerciorarme de que no iba a haber ningún homicidio esa noche. A los veinte minutos la luz del salón se apagó, y la casa parecía estar en calma. Miré el reloj, ya era casi media noche. Era un poco tarde para llamar a James, y decidí pasar por su calle a ver si aún estaba despierto.

Dejé el coche aparcado en doble fila, había visto luz en una de las habitaciones y decidí probar suerte. Toqué el timbre un par de veces. Estaba allí, de pie frente al telefonillo medio congelada. Nada. Esperé lo que para mí fueron unos segundos eternos y pulsé de nuevo. Nada. Lo intentaría por última vez y me iría a casa. Quizás estuviese dormido y se hubiera dejado la luz de la habitación encendida por descuido. Bueno, en cualquier caso, si no respondía en los próximos treinta segundos, me iría a casa. Y así lo hice, nadie respondió al telefonillo, y deshice mis pasos hasta el coche con un gran peso sobre los hombros. Lo intentaría de nuevo al día siguiente. En algún momento tendría que responder a mis llamadas.

JAMES

—¿Quién puede ser a estas horas?

—No lo sé, iré a ver. Tú quédate en la cama, ahora vuelvo.

¡Es Amanda! Su coche está aparcado en doble fila. ¿Qué querrá a estas horas? Lo siento pero esta noche, no. No puedo dejarla otra vez por ti, heriría sus sentimientos como tantas otras veces. Tú me llamabas y yo salía corriendo tras de ti sin importarme a quién tuviera a mi lado. Ana es buena chica, y me quiere. Ella sí es mujer de un sólo hombre. He malgastado todos estos años tras de ti haciéndome castillos de arena donde no había nada, tan sólo arroyos que seguían el curso de sus aguas, unas aguas que jamás bebería ni llegaría a alcanzar. Hoy nos hemos reencontrado después de casi diez años. Sigue siendo la misma de siempre, la misma que me repetía una y otra vez lo mucho que me quería. Hoy, al verla de nuevo, me he visto reflejado en ella. He llegado a entender lo frustrante que es querer a una persona para la que eres totalmente transparente. He podido ver el dolor que había tras sus ojos, reflejado en los míos, cómo su amor hacia mí no era correspondido porque yo sólo tenía ojos para ti. Eso me ha hecho entender que para ti, Amanda, soy yo el fantasma al que nunca verás; y que al contrario que tú, yo sí le voy a dar la oportunidad que se merece, porque tanto amor se tiene que ver correspondido.

—¡James! ¿No vas a abrir? Si sigue tocando va a despertar a la niña.

—No te preocupes, ya se va.

—¿Quién era?

—Un amigo.

Día de carreras. Era es el gran día de Antonio, su debut como piloto profesional en un circuito; y yo, gracias a Rachel, con Terry en el coche. Lo había hecho a propósito, la muy... Nunca le gustó Antonio, decía que era un arrogante hijo de la gran... no lo podía ver ni en pintura. No me disgustaba estar con Terry, pero sabía que a Antonio no le iba a gustar este cambio inesperado de acompañante.

Hacía tanto tiempo que no lo veía, que fue un placer ponernos al día. Se había convertido en todo un hombre de prestigio en San Francisco. Trabajaba para un famoso bufete de abogados, tenía una casa en propiedad con vistas al Golden Gate y conducía un Ferrari. No, no le iba nada mal. De amores no hablamos casi nada, la conversación se centró en lo que tenía, en lo que ganaba, en lo bonita que era su casa... y es que ya había olvidado lo ostentoso que era, siempre queriéndome impresionar con todo el dinero que tenía. Esa fue una de las principales razones por la que nunca hubo nada entre nosotros. Al final de cada conversación siempre ponía la coletilla de, *si tú quisieras...* y lo dejaba en puntos suspensivos. Para cualquier otra mujer, aquel hubiera sido el braguetazo de su vida, pero no para mí. No podría aguantar su charlatanería todos los días por el resto de mi vida. ¡Imposible!

Llegamos al circuito con bastante tiempo, y ya desde el aparcamiento se podía oír el rugido de los coches. Hicimos una larga cola para recoger las entradas y nos dirigimos al palco. Estaba situado en la zona vip sobre la calle de boxes, y ya se podía palpar la adrenalina de los equipos. La tanda de vueltas de entrenamiento ya había comenzado y el sonido de los motores era ensordecedor. Lo bueno de aquel estruendo era que no tendría que escuchar las idioteces de Terry durante unas cuantas horas.

La carrera dio comienzo y no había podido ver a Antonio. Quizás él sí me hubiese visto a mí, mejor no saberlo. Ya me estaba imaginando su cara de asesino en serie con los dientes apretados y la vena palpitante en la sien a punto de estallar. Aunque teníamos una relación esporádica y tan sólo nos veíamos algunos jueves, me consideraba de su propiedad. Yo sabía que nuestra relación no era para toda la vida, y que la monogamia no formaba parte de su itinerario, puesto que se veía con más de veinte mujeres a la vez. ¿Por qué estaba con él? En cierto modo, me gustaba sentirme de su propiedad, me gustaba ver cómo salía en mi defensa cuando los celos lo invadían y rompía en cólera. Y luego estaba el sexo, era un pura sangre español. Me agarraba el cuello con tanta fuerza mientras follábamos que me dejaba sin respiración, y en un par de ocasiones, estuve a punto de perder el sentido. Le gustaba atarme, verme indefensa. La primera vez pensé que me iba a violar, esa fue la primera impresión que tuve, pero no fue así en absoluto. La sensación de impotencia, de que hagan contigo lo que deseen es muy excitante. Cuando estas maniatada sobre la cama y te deslizan una soga por el cuello, el pánico se hace presa de ti, y ese pánico, mezclado con el placer de la penetración, es algo que hasta entonces no había experimentado. Una vez que lo pruebas, te haces adicta a él, y Antonio, era mi dosis semanal. No todas las semanas, pero me conformaba. Su vida era todo un misterio, lo único obvio era su nacionalidad, española, todo lo demás seguía siendo un misterio.

Nos veíamos hacía tan sólo unos meses. Él era el camarero de uno de los bares a los que solíamos ir por Reading y llevaba varios fines de semana flirteando conmigo. Por aquel entonces, acababa de dejarlo con Joseph, mi antigua cita de los jueves, y decidí darle una oportunidad; tenía toda la pinta de no querer una relación seria y eso era exactamente lo que estaba buscando. Esperé a que terminase el turno y fuimos a otro bar a tomarnos la última copa. Era guapo y fuerte. Tenía la tez morena y unos desafiantes ojos negros que desvelaban sus obscenas intenciones. Recuerdo no poder quitarle los ojos de encima a su apretado pantalón vaquero que remarcaba las curvas de sus glúteos y su abultada entrepierna. Intercambiamos tan solo un par de palabras mientras bailábamos. Estábamos rodeados de gente, pero parecíamos estar solos, él y yo, en medio de la pista de baile. Su mirada era obscena y su comportamiento, el de un perro de presa. Se fue acercando a mí lentamente hasta que lo tuve pegado a mi nariz con su respiración entrecortada en la cara. Mantuvimos la mirada unos segundos y mi respiración se aceleró vertiginosamente. Lo deseaba, allí y en ese momento. Desvió su mirada hacia mi escote y se mordió los labios. Se recreó un instante antes de cogerme el trasero con fuerza y atraerme bruscamente hacia él. Era exageradamente irresistible. Me ladeó el cabello y comenzó a besarme el cuello al ritmo mecánico de la música. Me apretaba las nalgas con fuerza, una y otra vez. Esbocé un par de gemidos, los cuales ahogó introduciendo su lengua en mi boca en un apasionado beso de tornillo. Pensé que iba a desmayarme. Me agarré a su cuello y lo atraje con fuerza hacia mí. Era la primera vez que tenía un orgasmo en público sin penetración. Cuando creí que ya había terminado conmigo, resultó que no había hecho más que empezar. Me agarró con fuerza del antebrazo y me llevó a la primera planta donde había una especie de reservados. Me tiró en uno de los sofás y se abalanzó sobre mí. Me despojó de la camisa con un zarpazo y me desabrochó los pantalones mientras me mordisqueaba el cuello ferozmente. Volví a gemir y me tapó la boca con la mano. Bajó los pantalones sin que me diese cuenta y me introdujo su miembro con fuerza una y otra vez haciendo pausas, y me miraba con sus penetrantes ojos mientras me preguntaba con voz ronca y entrecortada si me gustaba, si quería que siguiera, y yo, tan sólo podía asentir con la cabeza. Llegué al orgasmo con un gran gemido, y él me acompañó en mi ascenso al clímax. Recuerdo la imagen de Antonio todo sudoroso acercándose a mí.

—Cuando quieras, y como quieras.

Ese ímpetu, esa fuerza al cogerme entre sus brazos y su forma de besar, me dejaron en lo que hoy llamo mi adicción de los jueves. Y en eso se quedará, en una pura adicción por el *Bondage*.

Sería cerca de la una del mediodía cuando acabó la carrera y Antonio entraba en el palco con cara de pocos amigos.

—¿Qué tal? —dijo dirigiéndose a Terry con una mirada de odio fulminante.

—Muy bien, muchas gracias por los pases. Una buena carrera, ¿quinto, verdad?

—¿Y tu nombre es...? —le espetó con tono arrogante.

—Terry, perdón. Qué mal educado soy. —Y le tendió la mano, que Antonio rechazó con un gesto de desprecio.

—Te espero en los boxes en media hora —dijo, esta vez, dirigiéndose a mí. No me dio tiempo a responderle, dio media vuelta y se marchó en cólera apretando los dientes.

—Tu amigo no tiene muy buen perder.

—Pareces nuevo, Terry, lo que le pasa eres tú —dije poniendo los ojos en blanco—, no le ha hecho ni pizca de gracia verte aquí —me levanté de la silla y cogí el bolso—. ¿Te importaría volver en taxi?

—No, por supuesto que no. Si lo hubiera sabido, yo... —dijo apesadumbrado.

—Ha sido mi culpa. Perdona, Terry.

—Tranquila, no pasa nada —e hizo una mueca de indulgencia—. Me marcho a San Francisco el lunes, si tienes un hueco, me llamas. Me gustaría despedirme de ti.

—Hecho —y asentí con la cabeza un par de veces.

—Y... espero que se arregle todo con... —dijo al tiempo que se levantaba de la silla y salía por la puerta.

—Antonio —dije elevando el tono.

—Eso, Antonio —asintió con la cabeza y se despidió con la mano alzada y las cejas arqueadas—. Nos vemos, Amanda.

—*Ciao*.

Iría al bar y pediría una cerveza, hacer un poco de tiempo no me vendría mal para bajar los humos a Antonio, aunque lo veía muy difícil. Mientras esperaba en la cola, decidí hacer unas cuantas llamadas y empezar a aclarar asuntos pendientes. Primero James, marqué su número un par de veces pero no contestó y le dejé un mensaje: "Hola, James, me gustaría hablar contigo, llámame cuando puedas. Mañana es viernes y me gustaría saber si... si querrías hacer algo. Llámame, ¿vale? *Ciao*". Hice un par de llamadas más a Ted y a Giovanni, pero tampoco contestaron. ¡Qué extraño! Bueno, lo intentaría más tarde y si no, al día siguiente, tampoco era tan importante. La que sí me preocupaba era Rachel. Marqué su número y contestó al segundo tono.

—¡Hola, Amanda! ¿Qué tal la carrera?

—La carrera muy bien, el que no esta tan bien es Antonio.

—¿Qué le ha pasado? ¿Ha tenido un accidente? No habré tenido yo esa suerte.

—¡Rachel! —no podía creer lo que acababa de oír.

—Perdona, pero no lo he podido evitar.

—Pues no, no ha tenido un accidente —le contesté exasperada—, lo que sí tiene es un cabreo monumental. Tendrías que haber visto su cara cuando ha entrado en el palco y ha visto a Terry. Te lo dije, no tenía que haberte hecho caso.

—Se le pasará. ¡Ni que fuera tu marido! Eres libre de hacer lo que quieras, con quien te dé la gana. ¡Faltaba más! Desgraciado hijo de la gran...

—¡Rachel! Esta era su carrera. Pero ¿a ti qué te pasa?

—¡Nada!, estoy estupendamente.

—¿Estás segura? Me estás preocupando.

—La que se preocupa soy yo, pero por ti. ¿Qué no ves que es un cabrón?

—La que fue a hablar... Lo mismo te digo, yo llevo años diciéndote lo mismo. ¿Seguro que estás bien? ¿No te habrá tocado ese malnacido?

—No, al contrario, demasiado cariñoso diría yo.

—A eso se le llama sentimiento de culpabilidad.

—Es posible. Por más que busco no encuentro nada, ni una mancha de carmín ni ropa con olor a perfume de mujer, nada. Estoy empezando a pensar que quizás tenga otros vicios que yo aún no conozca.

—A ver si va a resultar que es gay —y estallamos a carcajadas rompiendo la tensión—. Tú pensando que te la está pegando con otra y él metiéndola por agujeros oscuros —esta vez se hizo un silencio al otro lado del teléfono—. ¿Rachel? ¿Estás ahí? Perdona, era solo una broma.

—Ya —dijo con tono apagado—, no importa, de todos modos algún día le pegaré la patada.

—Llevas toda la vida diciendo lo mismo.

—No es tan fácil, Amanda.

—Siempre llegamos al mismo punto con esta conversación. Yo sólo quiero que seas feliz, nada más. Te tengo que dejar, Rachel, no quiero hacerle esperar. Hablamos más tarde, ¿O.K.?

—O.K. —me respondió no muy conforme.

—Y ya sabes, cualquier cosa, me llamas.

—Lo sé. Lo mismo te digo. Y lleva cuidado con ese... —no le dejé terminar la frase.

—Adiós, Rachel —dije en tono cortante.

—Adiós.

Pedí la cerveza y fui a los boxes. No sabía muy bien cómo iba a explicarle a Antonio el porqué de ese repentino cambio de acompañante. Cuando llegué, tan sólo quedaba un mecánico en la sala, le pregunté dónde podía encontrar a Antonio y me dijo que le esperase, había tenido que salir un momento pero le había dicho que volvería, así que cogí una silla y me senté a esperar. Estaba nerviosa y rezando para que Antonio no explotase en uno de sus ataques de cólera. El minutero de mi reloj avanzaba a pasos de gigante y Antonio no aparecía por ningún lado. Esperaría cinco minutos más y me marcharía de allí. Seguramente que esto era algún tipo de represalia por haber ido allí con el acompañante equivocado. "Me marcho, esto es vergonzoso", pero cuando me decidía a salir por la puerta, oí unas risas procedentes del servicio de caballeros. Eché un vistazo a mi alrededor y vi al mecánico fuera, en la pista, charlando con un par de chicas ataviadas con poca ropa. Me levanté de la silla con cautela y me acerqué sin hacer mucho ruido al otro lado de la puerta del aseo. Me incliné y pegué la oreja a la puerta. Las risas habían cesado repentinamente.

—¿Antonio?, ¿Eres tú? Perdona, no debería haber venido con Terry, pero Rachel...

Abrí la puerta con cautela, y lo que vi me dejó sin palabras. Antonio estaba desnudo con una de las modelos en ropa interior arrodillada frente a él, enfrascada en una apasionada felación. Su cabeza subía y bajada azarosamente mientras él la sujetaba por la coleta. Su reacción no fue en absoluto de asombro, al contrario, comenzó a reírse a carcajada limpia mientras me miraba con sus fulminantes ojos negros, y ella continuó su trabajo ignorando por completo mi presencia. "¡Cerdo!" Pegué un portazo, y con lágrimas de furia en los ojos, me marché de allí bajo la mirada pecaminosa del mecánico que, obviamente, lo sabía todo desde el principio. "¡Sois todos unos cerdos!".

No podía parar de llorar, la congoja se apoderó de mí hasta que llegué al coche y entre en él a toda prisa. Una vez dentro, la que explotó en cólera fui yo. "¡Aj! ¡Hijo de la gran puta! ¡Qué idiota soy! Tenías que habértelo imaginado. Y yo pensando en pedirle disculpas. Pero ¡seré gilipollas!" Metí la llave en el contacto y salí del *parking* derrapando ruedas, dejando una gran estela de polvo a mi paso. No sabía a dónde ir. Si hubiera tenido el coraje suficiente para estrellar el coche lo habría hecho, pero me faltaban agallas, y en su lugar, conduje durante horas sin rumbo alguno hasta que, poco a poco, el pie derecho que pisaba con furia el acelerador fue relajándose y la adrenalina dejó de correr por mis venas. Respiré profundamente y exhalé toda la presión que me oprimía el pecho en un gran suspiro, paré el coche en el arcén de la autopista y, ya más calmada, decidí poner rumbo de vuelta a Wiltshire.

Serían cerca de las tres de la tarde cuando llegué a casa, y para mi asombro, otro de aquellos dichosos ramos descansaba sobre las escaleras del porche de entrada con otra nota. Esta vez la tarjeta llevaba impreso el número cincuenta y ocho. Aquello empezaba a no tener ninguna gracia. Cogí el ramo y lo puse junto al otro en la mesa de la cocina. Abrí una cerveza y salí al jardín. Uno... dos... tres... cuatro... cinco... me senté en el balancín y respiré hondo contemplando el precioso día soleado que avivaba los colores rojizos del manto de flores que cubría toda la llanura. Uno... dos... tres... cuatro...cinco... bebí un buen trago de cerveza y me envolví con una manta que siempre dejaba en el balancín para este tipo de ocasiones. Ya más tranquila, comencé a darle vueltas a los dichosos ramos, a las tarjetas y a aquellos extraños mensajes que, por regla de tres, debía de tener otro en mi buzón, ya que había recibido un nuevo ramo. Saqué el móvil del bolsillo del pantalón y comprobé, como ya me temía, que tenía un mensaje pendiente de Jacob.

Buenas tardes, preciosa. La longitud de tus piernas me abruma, ¿106 o 206? Love, Jacob.

¿De qué iba todo esto? Marqué el número de Jacob, pero al igual que Ted y Giovanni, no contestó a mis llamadas. Tenía que hablar con James como fuera, todo aquello ya empezaba a ser demasiado extraño.

Abrí la pesada puerta de la comisaría y me di de bruces con el mismo comisario de la última vez, derramando el vaso de café que sostenía en la mano por todo el suelo de la entrada y parte de su uniforme.

—Lo siento —dije cubriéndome la boca con las manos.

—No se preocupe —y se sacudió los pantalones, fulminándome con la mirada.

—De verdad que lo siento —e hice un gesto aproximándome a él para ayudarle—. ¿Se ha quemado? —y levantó la mano sin mirarme, lo que me hizo retroceder un paso.

—Gracias a Dios, no. Quédese aquí, y no se mueva —dijo dándome la espalda—, iré a buscar algo para limpiar esto.

—Déjeme ayudarle —dije en un último intento por ser útil.

—No se mueva, enseguida vuelvo —dijo con tono exasperado.

Hice caso a las palabras de aquel agente y me quedé sola, plantada en medio de la entrada con el teléfono de la recepción sonando insistentemente de fondo. No había nadie más allí, tan sólo el café derramado -que ya empezaba a calarme la suela de los zapatos- y yo. El ambiente estaba demasiado tranquilo en la oficina aquella tarde. Todo estaba pulcramente limpio y ordenado al dedillo, "la mujer de la limpieza ha hecho un buen trabajo".

No era una comisaría muy grande, tan sólo una pequeña mesa de aluminio justo en la entrada y un par de bancos de madera a ambos lados de la puerta. Las paredes estaban pintadas de blanco y tenían un par de cuadros del cuerpo de policía. Cuando el teléfono cesó de sonar, pude percibir la voz de una niña procedente del único pasillo que quedaba a mi derecha y llevaba a las oficinas. No tardó en aparecer una pequeña niña, de aproximadamente cuatro años, corriendo y balbuceando una canción a grito suelto. Llevaba un gracioso vestido a rayas azul marino y blancas que le llegaba a la altura de las rodillas y unas botas de caña alta, también azul marino. Tenía una melena rubia completamente alborotada a la altura de los hombros y unos preciosos ojos negros que parecían aceitunas fascinantemente expresivos.

—Hola, preciosa, ¿cómo te llamas? —cuando oyó el sonido de mi voz, paró en seco y se quedó unos segundos mirándome fijamente sin tan siquiera pestañear.

—Luna, ¿Y tú? —contestó con un dulce tono angelical.

—¡Qué nombre más bonito!, yo me llamo Amanda. ¿Estás sola? ¿Y tu mamá?

—Allí —y señaló con su pequeño brazo pasillo adentro.

—Llevas un vestido muy bonito, yo tenía uno igual cuando era pequeña, ¿sabes?

—¿Luna? —dijo una voz de mujer procedente del fondo del pasillo.

—Mamá, toy aquí, con Amanda.

—¿Hola? No se preocupe está...

Antes de acabar la frase, una mujer de complexión extremadamente delgada con una gran melena rubia apareció de la nada y agarró a la niña del brazo con un gesto bastante brusco.

—¡Te he dicho mil veces que no hables con extraños, Luna! —y levantó la mirada para comprobar quién era yo— ¿Amanda? ¿Amanda Watts?

—Sí. Hola, tienes una niña muy guapa.

—Amanda, ¿no me conoces? Soy Ana, vivíamos en la misma calle, siempre íbamos juntas en bicicleta a todos lados. —De pronto la imagen de Ana vino a mi memoria en forma de diapositiva.

—¡Ana! ¡Cuánto tiempo sin verte por aquí! Yo te hacía viviendo en Londres con... tu marido, ¿cómo se llamaba?

—Alan, se llamaba Alan, y ya no es mi marido.

—Lo siento —no podía creer lo cambiada que estaba.

—No, no te preocupes, a veces las cosas no salen como una quiere —dijo encogiendo los hombros—. ¿Y tú? ¿Cómo estás? ¿Sigues con las esculturas?

—Pues sí, y la verdad es que no me puedo quejar. —No daba crédito a lo demacrada que estaba. Las ojeras le cubrían medio rostro y tenían un color lila intenso que le daban aspecto de estar medio muerta.

—Me alegro —dijo con una leve sonrisa que le marcaba los huesudos pómulos.

—Y... ¿te quedas a vivir otra vez por aquí?

—Pues sí, he retomado una vieja amistad que tenía pendiente —dijo con una pícara sonrisa.

—¿Y se puede saber quién es? —Por la sonrisa de su cara tenía que ser alguien muy especial. Acababa de terminar la frase, cuando el inspector apareció por el pasillo acompañado de James con una mugrienta fregona en la mano.

—¡¿Amanda?! ¿Qué haces tú aquí? —dijo James un poco sorprendido de verme allí.

—Quería hablar contigo, si no estás muy ocupado —tenía a la niña a mi lado mirándome con la boca abierta.

—Yo ya me marchaba —dijo Ana mientras cogía a la niña en brazos—, te veo luego, James, sigue con tu trabajo, y bueno, Amanda, espero verte otro día.

—Hecho —dije percatándome de lo que estaba pasando—. Adiós, Luna.

—Adiós —dijo dulcemente.

—Pasa a mi despacho —dijo señalando el camino con la palma de la mano extendida.

Una vez dentro, me percaté de que había un bolso rojo sobre la silla. James se apresuró a cogerlo y salió corriendo por el pasillo gritando el nombre de Ana. En aquel momento me di cuenta de que la amistad que había retomado era la de James. Esto verificaba mis sospechas. Siempre tuve mis dudas con respecto a los sentimientos de Ana. Nos habíamos conocido en la escuela primaria, ella y su familia se acababan de mudar al vecindario a tan sólo unas casas de la mía, a una gran mansión victoriana. Por aquel entonces, teníamos doce años e hicimos una gran amistad. James solía venir a casa cada día a jugar con nosotras, y Ana bromeaba con el hecho de que, si James no me hubiera conocido a mí, ella sería el amor de su vida. Siempre había sido su gran sombra y, sinceramente, nunca pensé que yo fuese el motivo por el cual James no se fijara en ella, simplemente pensaba que no había atracción entre ellos. Ana nunca tuvo ningún novio, es más, llegué a pensar que le gustaban las chicas y que en realidad estaba enamorada de mí. Siempre pensé que lo de James era una tapadera para practicar los besos conmigo, ya que según decía, le daban una vergüenza horrorosa. Llegué a tener mis dudas al respecto, pero no le encontraba sentido a sus constantes declinaciones a las invitaciones de James y creo que, en realidad, era verdadero pavor de verse a solas con él. Hasta que un día, a la edad de veintitrés años, James dejó de invitarla, ella desapareció del mapa, y regresó un par de años más tarde con un anillo en el dedo y un marido londinense. Su familia se marchó, y ellos estuvieron viviendo en Wiltshire un escaso año tras el cual regresaron a Londres donde, según Ana, les habían ofrecido un buen trabajo como traductores de español. Y hasta el día de hoy, no había vuelto a tener noticias suyas.

James regresó a los pocos minutos con la respiración entrecortada por la carrera, y yo seguía de pie junto a la silla con mis pensamientos inmersos en el regreso de Ana.

—Siéntate, Amanda. ¿Qué puedo hacer por ti? —dijo en tono seco y cortante.

—Que sorpresa ver de nuevo a Ana por aquí, ¿verdad?

—Sí, una grata sorpresa, la verdad —me contestó mientras se sentaba tras su mesa—, pero dime, ¿qué te trae por aquí? —la cegadora luz del flexo que tenía frente a mí difuminaba su inexpresivo rostro.

—Pues... he estado recibiendo unos mensajes bastante extraños, acompañados por ramos de rosas con unas tarjetas de remitente desconocido con tan sólo unos números impresos. Con los dos primeros pensé que sería algún tipo de broma, pero ya van tres, y no se han podido poner de acuerdo.

—¿Quiénes no se han podido poner de acuerdo? —Dudé unos segundos antes de responder.

—Ted, Giovanni y Jacob —la expresión de su cara se encrudeció.

—Amanda, creo que ya hablamos de este tema y espero que no me hagas perder el tiempo con tus líos de cama —me quedé callada y sin saber qué decir—, si no tienes nada más que decir... Tengo mucho trabajo y te agradecería... —le corte la frase de inmediato.

—Sí, sí que tengo algo más que decir. Por supuesto que no he venido a hacerte perder el tiempo, lo único que quiero es que, por favor, le eches un vistazo a los mensajes y me des tu opinión, nada más. Realmente creo que está sucediendo algo, si no, no hubiera venido por aquí después de cómo me trataste la última vez por un tema parecido. He acudido a ti en busca de ayuda como profesional que eres.

Saqué el móvil y se lo ofrecí, tras unos segundos, puso los codos sobre la mesa y lo cogió con aire de desconfianza. Los ojeó durante unos minutos y levantó la cabeza para dirigirse a mí en un tono más confiado.

—Estos mensajes han sido enviados desde sus móviles, ¿Has intentado localizarlos?

—Sí, les he llamado unas cuantas veces, pero ninguno ha respondido, y lo que más me extraña es el tipo de mensajes. Me detallan la hora, minutos y segundos, algo que ninguno de ellos había hecho nunca, y todos se despiden de la misma forma. Aquí está pasando algo,

James.

—¿Qué me dices de los ramos?

—Que he recibido uno por mensaje. Con el primero no dudé, pensé que era Ted gastándome una broma, aunque no es muy dado a ellas, pero cuando llegó el segundo... Giovanni no tiene un centavo ni para comer, y menos para enviar rosas; y Jacob, menos aún. Y luego están las tarjetas.

—¿Las has traído? —su tono comenzaba a mostrar interés.

—He cogido las dos últimas, la primera está en el estudio de Reading.

Las busqué en el bolsillo exterior de la chaqueta y se las di. Las miró detenidamente con el ceño fruncido y las dejó sobre la mesa. Se quedó callado un buen rato intercalando la mirada entre los mensajes que iba anotando en una pequeña libreta que sacó de uno de los cajones de su mesa y las tarjetas que yacían una al lado de la otra en línea recta sobre la mesa.

—¿Qué piensas? Esto no es una broma, ¿verdad?

—Creo que no, es más, creo que la persona que los envía te está mandando algún tipo de código fraccionado —la expresión de su cara mostraba preocupación—, no es ninguna broma, Amanda.

—¿Crees que... —tragué saliva— les ha podido pasar algo?

—No lo sé, pero ahora mismo llamaré a una patrulla para que vaya a comprobarlo. ¿Has notado algo inusual en casa?, alguna puerta forzada o ventana abierta...

—No. La verdad es que no he parado mucho por casa. He estado bastante liada.

—Hagamos una cosa, vuelve a casa y avísame de cualquier otro mensaje o envío. Te pondré una patrulla de vigilancia para que estés tranquila. ¿Tienes sus direcciones? —Asentí con la cabeza y me ofreció una pluma y papel para que las escribiera—. Nosotros nos encargamos de localizarlos, ¿de acuerdo? —dijo mirándome fijamente a los ojos.

—De acuerdo. —Aquello estaba tomando un cariz bastante escabroso.

—No te preocupes, Amanda, daremos con ellos.

—Eso espero, mantenme informada, ¿vale? Estoy empezando a asustarme, James.

—Tranquila, te tendré controlada. Ahora vete a casa y descansa —su tono era tranquilizador.

—James, tú no... No sé, si no tienes nada que hacer, ¿podrías venir a casa? —le pregunté un tanto angustiada.

—No, Amanda, yo... Ana está en casa. —Me quedé petrificada tras sus palabras.

—No importa, déjalo, estaré bien.

Me levanté de la silla con un nudo en la garganta y me apresuré a salir de allí, él se levantó de su silla y salió tras mis pasos, pero no me giré, no quería que me viese llorando. Aceleré el paso y salí por las puertas en busca de mi coche. Las luces de las farolas alumbraban las desoladas calles inundadas de una espesa bruma que aturdió mis sentidos. Me sentí perdida, sin saber qué dirección tomar. Las manos comenzaron a temblarme y las llaves cayeron al suelo. Un señor mayor con larga barba y ojos saltones que pasaba por allí se agachó a recogerlas, me las ofreció y me preguntó si me encontraba bien, yo seguía teniendo un nudo en la garganta y no pude articular palabra.

—¿Quiere que la acompañe al coche, señorita? —simplemente asentí con la cabeza.

Una vez me sentí a salvo en el interior del coche, aquel amable señor se despidió con la mano y siguió su camino calle abajo. Miré por el retrovisor y vi a James observándome desde la entrada de la comisaría con porte serio y estirado en medio de una densa neblina. Metí la llave en el contacto y puse rumbo a casa mientras James seguía inmóvil siguiéndome con la mirada en una posición estática hasta que giré la calle, y una vez lo tuve fuera de mi campo de visión, las lágrimas comenzaron a brotar de mis ojos a su antojo y semejanza.

Había intentado localizar a Rachel aquella tarde antes de regresar a casa, pero no estaba sola como yo esperaba, Tomy contestó al interfono y me invitó a subir. La puerta de entrada tenía la cerradura rota, agarré el desencajado pomo y, acompañada del chirrido de las bisagras que me dejó aturdida unos segundos, comencé el ascenso al cuarto y último piso. Nunca me gustó ese viejo edificio, era demasiado sombrío y el olor a humedad era insoportable. Cada vez que ponía un pie en aquellas tétricas escaleras, un escalofrío recorría mi columna vertebral hasta la cabeza y notaba un fuerte peso en los hombros, como si alguien se subiera a ellos. Miraba a todos lados, pero allí nunca había nadie y subía los escalones de dos en dos sin mirar atrás. Cuando llegué al rellano del cuarto piso casi sin aliento, me encontré a Tomy en el recibidor de su casa esperándome en ropa interior. Realmente no me apetecía nada verle, pero esa tarde no quería pasarla sola y acepté su invitación. Rachel estaba en la ducha, y como siempre, Tomy aprovechó la ocasión para exhibirse.

—¡Qué agradable sorpresa!, ¿a qué debemos este honor? —dijo ofreciéndome un vaso de Whisky que llevaba en la mano.

—Pasaba por aquí y...

—¡Quién es, Tomy! —gritó Rachel desde el aseo.

—¡Es Amanda, cariño! Siéntate, no tienes muy buen aspecto. ¿Va todo bien?

—Sí, de maravilla, y creo que deberías ponerte algo, ¿no? —dije mientras me sentaba en uno de los sillones del salón.

—¡Ah, sí! —dijo poniéndose frente a mí de nuevo—, tan solo quería enseñarte lo que te estabas perdiendo. Pero, si no te gusta... —y se tocó el trasero de forma ofensiva.

—Hoy no estoy para tus tonterías, Tomy. Déjame en paz —dije apartando la mirada y negando con la cabeza con gesto de desagrado.

—¡Uuuuh!, creo que alguien ha tenido problemas con su cita de los jueves, ¿cómo se llamaba...? ¿Antonio? Tienes que ser una fiera en la cama —dijo mordiéndose el labio inferior.

—¡Ya está bien! ¡Eres un cerdo! —me levanté del sofá y aparté a Tomy de un empujón— ¡Rachel, te espero abajo! —dejé el vaso sobre la mesa del recibidor y salí por la puerta que aún estaba abierta.

Bajé a toda prisa aquellos dichosos escalones, mientras Tomy gritaba mi nombre repetidamente con la cabeza asomando por la barandilla del hueco interior de la escalera. Aquella extraña sensación sobre mis hombros se volvía a hacer presa de mí y empezó a faltarme la respiración. Necesitaba salir de allí. La iluminación era escasa y apenas veía los escalones de aquella infernal escalera. Tan pronto pisé la calle, la pesada puerta se cerró estrepitosamente tras de mí, rompiendo una de las vidrieras en pedacitos que llegaron directamente a uno de mis brazos. Sentí una enorme punzada, bajé la vista y comprobé que uno de los cristales se me había quedado clavado en el antebrazo derecho. ¡Joder! Lo extraje lentamente mientras sentía cómo salía y me desgarraba la piel. El dolor era insoportable y la sangre comenzó a salir a borbotones. Taponé inmediatamente la herida con la mano derecha y pedí auxilio al primer coche que pasaba por allí. El chico fue muy amable, me llevó al hospital más cercano e insistió en quedarse conmigo y acompañarme a casa, pero me negué en rotundo, me sentía más tranquila pidiendo un taxi. Había sido muy amable, pero no lo conocía de nada y no me fiaba de él ni de nadie.

Salí de Urgencias sobre las once de la noche con diez puntos de sutura en el antebrazo y, según los médicos, había tenido mucha suerte, un milímetro más y me habría cortado los tendones. Así que, dando gracias, me monté en uno de los taxis que esperaban a las puertas del hospital y volví a casa. Recogería el coche al día siguiente, era demasiado tarde y la noche estaba cerrada y extremadamente gélida. A petición mía, los médicos me habían administrado un tranquilizante y sus efectos empezaban a manifestarse. Me dejé llevar por esa inmensa sensación de calma y cerré los ojos, aún tenía unos veinte minutos antes de llegar a casa.

Comencé a flotar, creí incluso que levitaba del asiento y me quedaba pegada al mugriento techo del taxi. Cuando abrí los ojos y miré hacia abajo, vi un par de pelucas multicolores y la cabeza de una niña con coletas sentada a su lado. Hablaban por lo bajini entre ellos con tono desconfiado. Intenté agudizar el oído para entender lo que decían y, para mi asombro, repetían mi nombre una y otra vez. Me invadió el pánico, la niña giró la cabeza lentamente hacia la ventanilla, y tras un silencio sepulcral, miró hacia arriba. Su cara se desfiguraba por momentos, derritiéndose como si de una muñeca de cera se tratara. Una maquiavélica sonrisa brotó de su desencajada mandíbula. *Muertos, están todos muertos.* Los payasos lloraban desconsolados *¡Huye, Amanda! ¡Huye!* Comenzaron a gritar. *Muertos, están todos muertos.* Volvió a repetir la niña con el rostro prácticamente inexistente. "¡¿Quién eres?! ¡¿Qué quieres?! ¡¿Qué demonios quieres?!"

—¡Señora! ¡Señora! ¿Está bien? ¡Señora!

Alguien me zarandeó con fuerza y abrí los ojos asustada espetando una patada a la que creí ser la niña agarrándome por el pescuezo.

—¡Señora! ¡Tranquilícese!

—¡¿Qué?! ¡Déjame! —e intenté zafarme de los brazos que me agarraban.

—¡Señora, ya hemos llegado! ¡Está en casa!

—¿En casa? —Y abrí los ojos para comprobar con asombro que el que me sujetaba era el taxista, y no la niña de cara desfigurada.

—¿Está usted bien, señora? —su mirada mostraba preocupación.

—Sí, sí, gracias, gracias por todo... y... discúlpeme... yo...

—No se preocupe, señora. No ha pasado nada.

—Muchas gracias, y disculpe —estaba completamente avergonzada—. ¿Cuánto le debo?

—No se preocupe, la carrera va por mi cuenta —dijo ayudándome a salir del coche—, ahora váyase a casa y descanse.

—Un millón de gracias por todo.

—De nada, mujer —se metió en el taxi y se marchó.

Cuando el taxi desapareció de mi vista, pude comprobar que, tal y como James me había prometido, tenía un coche patrulla aparcado en la puerta con dos agentes dentro, que me saludaron cuando pasé junto a ellos. El que estaba sentado en el asiento de copiloto bajó lentamente la ventanilla y me dio las buenas noches. Me apresuré a entrar en casa y a ponerme cómoda. Tras dejar el bolso en la percha de la entrada y quitarme los zapatos, fui a mi cuarto y me despojé de la ropa cubierta de sangre, cogí un albornoz blanco que colgaba detrás de la puerta y me dirigí a la cocina a por una cerveza bien fría. Una vez tuve el botellín en la mano, entré en el salón y encendí la lamparita de una de las mesas auxiliares del sillón. Me recliné, puse los pies en alto y cerré los ojos. Estaba exhausta, lo único que quería era dormir y olvidar todo lo acontecido aquel día, incluida la pesadilla en el taxi. Pero antes de cerrar los ojos, el sonido de Benny Hill inundó el pasillo de la entrada. Me incorporé y fui a buscar el móvil. Parecía un zombi arrastrando los pies por el parquet. No tenía fuerzas para levantar las piernas y cada paso retumbaba en mi cabeza queriendo romper en pedazos el poco juicio que me quedaba.

—¿Sí? —contesté con un hilo de voz.

—¡¿Qué ha pasado, Amanda, estás bien?! —dijo Rachel bastante asustada.

—Sí, ahora sólo quiero descansar.

—Pero ¿qué te ha pasado?, ¿por qué saliste corriendo de casa? ¿Y la sangre de la acera? ¿Estás bien? —entrelazaba una pregunta con otra y no me daba tiempo a retener tanta información.

—No ha sido nada —dije medio adormecida—, cerré la puerta demasiado fuerte y se rompió el cristal. Me hice un pequeño corte en el antebrazo, nada serio, unos puntos, nada más —me costaba mucho articular las palabras—. Acabo de llegar a casa del hospital, me estaba tumbando en el sofá.

—¿Quieres que vaya a tu casa?

—No, Rachel, ahora mismo lo que quiero es descansar.

—¿Estás segura?

—Segura —dije con un hilo de voz.

—¿Qué pasó en casa, Amanda? ¿Por qué saliste corriendo?

—Preferiría no hablar de esto ahora, Rachel.

—¿Seguro?

—Seguro. Mañana hablamos.

—Bueno, hasta mañana, Amanda, que descanses.

—Lo haré.

Los primeros rayos de la mañana iluminaban por completo todas las estancias de la casa. Los haces de luz correteaban alegremente por los pasillos iluminándolo todo a su paso y entremezclándose a su vez con el persistente murmullo de mi cabeza. Fui abriendo los ojos poco a poco. El murmullo era cada vez más intenso y nítido, hasta que, por fin, pude reconocer una voz masculina que provenía justo por encima de mi cabeza y pronunciaba mi nombre.

—Amanda.

—¿¡Quién está ahí!? —grité sobresaltada mientras caía al suelo.

—Soy yo, James. Tranquila.

—¿James? ¡Auh! —había caído sobre el brazo haciendo reavivar el dolor— ¿Cómo has entrado? —dije con una mueca de dolor en la cara.

—La puerta del jardín estaba abierta —dijo con voz cauta—. ¿Qué demonios te ha pasado en el brazo?

—No es nada, me corté con un cristal —dije sentándome de nuevo en el sofá.

—Déjame ver, te acabas de pegar un buen golpe.

—No es nada, de verdad —y aparté el brazo para que no pudiera tocarlo—. ¿Para qué has venido, James?

—Quisiera hacerte un par de preguntas.

—¿No es un poco temprano? Por cierto, ¿qué hora es? —dije bostezando.

—Son las once y media, ¿te apetece un café?

—Sí, por favor.

—Tú quédate ahí, ya sé donde está todo.

Volví a tumbarme mientras observaba a James preparando el café en la cocina. Sabía exactamente dónde se encontraba cada cosa; el azúcar en el armario de la izquierda, junto a la nevera; el café dentro del frigorífico, junto a la mantequilla; las tazas en el escurridor, encima del fregadero, junto a la cafetera italiana que Giovanni me había regalado por mi cumpleaños el año pasado... Dejó la cafetera en el fuego y regresó al salón, cogió una silla y se sentó frente a mí. Se quedó callado, observándome unos instantes mientras yo lo miraba expectante no sabiendo muy bien qué habría venido a buscar a casa... "¡¿Cómo había podido olvidarlo?!"

—Amanda...

—¡¿Están bien?! ¡¡Los habéis encontrado?!

—No —los gestos de su rostro se encrudecieron—. Necesito

hacerte unas preguntas, Amanda. Ayer envié unas patrullas a las direcciones que me diste, pero no los encontraron en casa. Se quedaron toda la noche haciendo guardia por si regresaban, pero tampoco vieron a nadie. Esta mañana, yo mismo me presenté en cada una de esas direcciones con una orden de registro e irrumpimos en cada una de ellas. No faltaba nada. Las viviendas estaban en perfecto estado —hizo una breve pausa mientras se tocaba la barbilla—, lo único que ha llamado mi atención en casa de Ted ha sido una bandeja con restos de comida en la mesa de la cocina que, por el olor, llevaría allí unos cuatro o cinco días y un par de trozos de carne podrida dentro del frigorífico, por lo demás, el resto de la casa estaba impoluta. En las otras dos no había nada fuera de lo común, un poco desordenadas pero todo estaba dentro de la normalidad. ¿Conoces a algún familiar de alguno de ellos?

—No, tan sólo a la tía de Ted y de oídas. Que yo sepa, Giovanni y Jabob no tienen a nadie aquí.

—¿Y dónde vive la tía de Ted?

—En una residencia de ancianos. Es la única que hay a las afueras de Wiltshire.

—¿Iba a verla regularmente?

—Sí, un par de días a la semana.

—De acuerdo. Iremos a comprobar si esta semana ha estado por allí.

El olor a café recién hecho nos recordó que aún seguía la cafetera en el fuego. James se levantó de la silla y fue a retirarlo. Mientras vertía el café en las tazas, continuó haciéndome preguntas sobre las familias de Giovanni y Jacob, a las cuales no pude contestar, ya que lo único que sabía de Giovanni era que había llegado aquí por culpa de un desamor, y básicamente nuestras conversaciones se centraban en ella y en la poesía, nunca llegamos a profundizar en temas familiares. Con respecto a Jacob, le dije lo único que sabía, que procedía de una familia muy humilde y que había venido aquí huyendo de ellos. Nunca había mencionado a ninguno de sus miembros con cariño, ni tan siquiera a su madre. Sinceramente, no creía que mantuviese ningún tipo de relación con ellos. Aparte de esos escasos datos, no pude decirle nada más y, a partir de este punto, las preguntas se centraron en la última vez que los vi.

—¿Cuándo fue la última vez que viste a cada uno de ellos? —James ya sabía la respuesta a su pregunta. Se sentó, me ofreció la taza de café y esperó pacientemente a que le contestara dispuesto a apuntarlo todo en su libreta como había estado haciendo hasta ahora.

—Pues... Ted vino a mi estudio de Reading el lunes por la noche mientras yo terminaba una escultura y se marchó a la mañana siguiente muy temprano, más o menos sobre las siete. A Giovanni lo vi el martes por la noche en el *Café Teatro* y, cuando acabó la actuación, nos fuimos a casa. —James seguía escribiendo en su libreta sin levantar la mirada—. Se marchó al día siguiente sobre las diez. Y a Jacob lo vi el miércoles sobre las once de la mañana y se marchó más o menos a las cuatro de la tarde, luego me marché a casa de los Wells donde daban una fiesta de bienvenida a Terry. —Continuó apuntando en su libreta, con la mirada fija en ella y siguió con las preguntas.

—Tengo entendido que Giovanni trabaja en la Universidad de Wiltshire, ¿es así?

—Sí, da clases de literatura.

—Y Jacob, ¿algún trabajo que se le conozca?

—Pues... va de vez en cuando por la universidad a hacer de modelo. Eso es todo lo que sé.

—¿Y Ted?

—Daba algunas clases de piano en su casa, más bien, creo que vive de las rentas familiares —el brazo seguía molestándome e hice una mueca de dolor—. ¿Podemos parar un momento?, voy a tomarme algo.

Recordaba haber metido en el bolso la medicación que me habían dado en el hospital el día anterior. Eché una ojeada a mi alrededor, pero no lo encontré e hice el amago de levantarme con el infortunio de apoyar el brazo equivocado en la madera del apoyabrazos del sofá. El dolor era insoportable y volví a tumbarme cerrando con fuerza la mano.

—Ya lo busco yo. —Se levantó rápidamente en busca del bolso, desapareciendo por el pasillo de entrada por el que regresó a los pocos segundos con él en la mano—. Necesitas descansar —y me ofreció gentilmente la medicación—. ¿Estarás bien?

—Sí, se me pasará. No es nada. —Introduje un par de pastillas en mi boca y le di un trago al café.

—De acuerdo, cualquier cosa ya sabes cómo localizarme. —E hizo amago de levantarse—. ¿Estarás bien?

—Sí. —Le miré a los ojos y me encogí de hombros—. No te preocupes por mí, sé cómo cuidarme sola.

—Una última cosa —dijo dejando la taza de café vacía sobre la mesa del salón—, necesitaría el nombre completo de todos ellos y cualquier dato o descripción que nos ayude a identificarlos.

—De acuerdo —asentí con la cabeza.

Extendió el brazo y me ofreció su libreta abierta por la última hoja junto con una pluma. La cogí mirándole fijamente a los ojos, la apoyé en mi regazo y comencé a anotar; Ted Waltman, 1,95 de estatura, complexión delgada, alrededor de los... déjame pensar... cincuenta, pelo corto canoso, ojos verdes, creo recordar que es zurdo y... un detalle, se me escapa algo... ¡ya lo tengo!, le falta el lóbulo de la oreja derecha, parientes... su tía Cloudine, Residencia de mayores de Wiltshire. Hice una pausa, tomé un sorbo de café y continué escribiendo. Giovanni Corleone, 1,70 de estatura, pelo castaño rizado a la altura de los hombros, sus ojos son... marrón claro, gafas de vista, creo que tiene treinta y cinco años, si mal no recuerdo, da clases de literatura en la Universidad de Wiltshire, es de un pueblecito... Verona y tiene una leve cojera, creo recordar que es de la pierna izquierda. Jacob... ¿cuál era su apellido?...Piensa, Amanda... Carlo... mmmm, no, ¡Castro! Eso es, Jacob

Castro, alrededor de 1,80 de estatura, pelo liso negro a la altura de los hombros, ojos grandes de color marrón oscuro, piel muy morena, veintisiete años, complexión fuerte, trabaja esporádicamente como modelo en la Universidad de Wiltshire, es cubano y lleva un tatuaje tribal en la espalda. Repasé cada uno de los datos que había anotado creyendo no haber pasado por alto ningún detalle. Cerré la libreta y se la entregué a James.

—Gracias, Amanda. Ahora descansa, te mantendré informada, ¿de acuerdo?

—De acuerdo.

—Si recordaras cualquier otro detalle, no dudes en llamarme, a cualquier hora —e hizo hincapié en sus últimas palabras.

—Lo haré.

Se levantó de la silla, guardó la libreta en el bolsillo interior de su chaqueta y dedicándome una gentil sonrisa, rodeó el sillón y se marchó por la puerta trasera del jardín. Lo vi desaparecer entre una espesa cortina de agua a paso rápido. Había comenzado a llover. El frío viento había inundado el salón y se coló juguetón entre mi ropa. Un leve escalofrío recorrió mi columna vertebral. Me acurruqué en el sofá y me cubrí hasta los hombros con una manta. El cansancio se apoderó de mí y el estrés de todos estos días comenzó a pasarme factura. Estaba completamente agotada. A duras penas pude alcanzar el mando de la televisión, pulsé el botón de encendido y lo dejé en el primer canal que apareció en la pantalla. Mis párpados eran cada vez más pesados y se iban cerrando paulatinamente. La borrosa imagen de la televisión aparecía y desaparecía hasta que, finalmente, se hizo la oscuridad.

No sabía muy bien la hora que era ni si habría dormido dos días seguidos. Me incorporé y miré a través de la ventana. Era de noche, la tormenta había amainado pero el viento seguía rugiendo con fuerza golpeando con furia las ventanas de toda la casa. Estaba un poco aturdida y tenía el brazo entumecido. Cogí el móvil y comprobé, para mi asombro, que había dormido todo el día. Eran las seis de la mañana. Me puse la manta sobre los hombros y fui a la cocina a prepararme un café. Mientras ponía la cafetera en el fuego, repasé mentalmente cada uno de los mensajes e intenté buscarle algún sentido a todo aquello, pero nada tenía lógica, al menos, desde mi perspectiva. Regresé al salón sujetando la humeante taza de café entre las manos, la dejé sobre la mesa y encendí la chimenea. "Piensa, Amanda, todo esto tiene que tener algún sentido", me repetía una y otra vez en voz alta mientras iba apilando los trozos de leña. Continué dándole vueltas e intentando entrelazar los mensajes, hasta que los destellos de luz de otro increíble amanecer atravesaron los ventanales. Los negros nubarrones se dispersaban dejando paso a un cielo anaranjado que iba iluminando lentamente la oscuridad del salón, y una abrumadora sensación de paz recorrió cada uno de los músculos de mi cuerpo. "Todo se solucionará. Pronto los encontrarán". Y con esta frase, que fui repitiendo a modo de mantra mientras cogía el ordenador y comprobaba mi correo, di por zanjada mi mala suerte y comencé un nuevo día.

Tenía un nuevo encargo. El correo había llegado hacía un par de días:

María Elena Somosierra.

Asunto: Encargo de escultura

Querida Amanda:

Mi nombre es Elena Somosierra y, tras una larga búsqueda, he dado contigo. He visto que tienes muy buenas referencias como escultura, y sería todo un honor poder contar contigo para este proyecto.

Sería una serie de esculturas, aún no sé el número total. Comenzaríamos por dos, y si tienen aceptación (que no lo dudo), seguiríamos con la serie. Te adjunto las fotografías para que puedas ir detallando un presupuesto. El material sería madera, ¿cuál?, eso lo dejo a tu elección. De ser posible, huecas y sin rostros. Sólo pido una alta definición de detalles en los cuerpos.

Bueno, Amanda, espero que aceptes el proyecto para poder comenzar con él lo antes posible. Hasta entonces, recibe un cordial saludo.

María Elena Somosierra

Este tipo de correo siempre me alegraba el día. Me froté las manos y con una sonrisa entremezclada con el ácido dolor de mi antebrazo, abrí el archivo adjunto para comprobar de qué tipo de esculturas estábamos hablando. En la pantalla del ordenador aparecieron las fotos de dos hombres de mediana edad, ambos desnudos. El primero de ellos tenía un toque distinguido, estaba sentado sobre una butaca renacentista, llevaba un sombrero de copa y sujetaba con ambas manos un bastón por su parte superior justo frente a él con los brazos extendidos, el que apoyaba con sutil delicadeza en el suelo, La segunda fotografía mostraba a un hombre rudo, tenía el pelo largo a la altura de la cintura, con los músculos muy bien definidos, en particular, la cuadrícula que dibujaban sus abdominales. Posaba de pie con las piernas abiertas y cubría con ambas manos su entrepierna. Su mirada era lasciva y penetrante. "Me acabas de alegrar el día, Elena Somosierra". Era exactamente lo que necesitaba para mantener la mente ocupada y no darle muchas vueltas a todo el tema de las desapariciones. La policía ya estaba buscándolos y, seguramente, aparecerían de un momento a otro. Tenía que ser optimista con todo esto o me volvería loca con tanto ramo y tanta tarjeta cifrada. James era muy bueno en su trabajo, todo lo que tenía que hacer era dejárselo en sus manos y estaba plenamente convencida de que daría con ellos. El brazo comenzaba a molestarme bastante y me di cuenta de que había olvidado tomar la medicación. Bajé la pantalla del portátil y encontré la caja de los antibióticos justo detrás, junto a un vaso de agua. James las habría dejado allí pensando en mí. Saqué un par y me las tragué. Lo iba a echar de menos, pero ya nada volvería a ser igual, había una tercera persona que había entrado en escena, y para colmar el vaso, estaba viviendo en su apartamento. ¡Maldita seas! Me levanté malhumorada hacia la cocina a prepararme otro café y fui maldiciendo el nombre de Ana todo el recorrido una y otra vez en voz alta. Parecía una desquiciada recién salida del manicomio hablando sola, con todo el pelo alborotado. ¡Qué imagen más patética! Agarré la cafetera por el mango y vertí el café en uno de los tazones que encontré a medio fregar sobre la encimera, le puse una buena dosis de azúcar y lo metí en el microondas. Mientras esperaba, miré a través de la ventana. El cielo estaba parcialmente cubierto y comenzaba a llover de nuevo. El coche patrulla seguía aparcado al otro lado de la calle. Los dos agentes conversaban alegremente en su interior. Uno de ellos se percató de mi presencia y me saludó alzando la mano. Le devolví el saludo, abrí la puerta del microondas y cogí la taza de café. Hacía un frío espantoso en la cocina y regresé al salón frente a la chimenea. No era normal que hiciese aquel frío, y cuál fue mi sorpresa, cuando crucé el arco del pasillo y vi la puerta trasera abierta de par en par. Un escalofrío me hizo parar en seco. Me quedé desconcertada sin saber muy bien qué hacer. ¿Cuánto tiempo llevaba abierta? ¿Habría entrado alguien en la casa? No podía ser, los agentes custodiaban la entrada y se hubieran dado cuenta. La voz de mi conciencia intentaba tranquilizarme y quitarle peso al asunto. Habría sido el viento, la puerta habría quedado mal cerrada cuando James se marchó esa mañana y el fuerte viento la habría abierto. "Nadie ha abierto la puerta, Amanda, ha sido el viento". Repetí mentalmente aquellas palabras para tranquilizarme. Fui con paso cauteloso hacia la puerta mirando a ambos lados. Me apresuré a cerrarla y, cuando fui a echar el pestillo, me quedé petrificada al darme cuenta de que la llave había desaparecido. Estaba segura de haberla dejado en la cerradura, de hecho, siempre la dejaba puesta, nunca la quitaba por miedo a perderla. Pegué la espalda al cristal de la puerta y eché una rápida ojeada hasta donde me alcanzaba la vista. El pánico se apoderó de mí. Palpé a mis espaldas el pomo de la puerta, la abrí y salí despavorida atravesando el porche del jardín hasta la calle. Los agentes, al verme, salieron del coche patrulla a toda prisa.

—¡La puerta!

—¡Cálmese! ¿Qué ha sucedido? —dijo uno de los agentes

mientras enviaba a su compañero a registrar la casa con un enérgico gesto de su brazo.

—La puerta —dije con hilo de voz— estaba abierta y la llave ha desaparecido.

—Tranquilícese, ¿de acuerdo? —dijo rodeándome la cintura con el brazo—, mi compañero está registrando la casa. ¿Ha oído algún ruido extraño?

—No —dije negando con la cabeza.

—De acuerdo. Quédese en el coche. ¿Me ha entendido? ¿Señora? —estaba completamente bloqueada—. Acompáñeme al vehículo, ¿Amanda, verdad? —asentí con la cabeza—. No tardaré, ¿de acuerdo?

Me introdujo en el coche, cerró la puerta y salió corriendo hacia la parte trasera de la casa. El corazón me palpitaba enérgicamente descompasado, estaba congelada y tenía espasmos a causa del frío. Me abracé con fuerza para entrar en calor olvidando por completo el vendaje del brazo y una punzada de dolor me inundó las entrañas. "¿Qué más? ¡Eh? Pero ¿qué he hecho yo? ¡¡Joder!! ¡Dame un respiro!" Comencé a llorar desconsolada. Me tumbé en el asiento y esperé a que el dolor se pasara con los ojos cerrados. Uno... dos... tres... cuatro... cinco...

—¿Amanda? ¿Estás bien? —abrí los ojos y vi la cabeza de James asomando por encima de los asientos delanteros.

—¡James! —y exploté en lágrimas.

—Tranquila, Amanda —salió del coche, abrió la puerta trasera y me acurrucó entre sus brazos—. Shhh, tranquila, tranquila. —Y enmudecí en el calor de su abrazo.

Los agentes regresaron al cabo de un buen rato. Habían registrado la casa de arriba abajo y no habían encontrado a nadie. Me despedí de los agentes que volvieron a sus puestos en el interior del vehículo y entré en la casa del brazo de James. La chimenea aún seguía encendida y corrí hacia ella para entrar en calor.

—¿Estás segura de haber dejado la llave puesta en la cerradura, Amanda? —me preguntó James.

—Sí, totalmente segura. De hecho, nunca la quito por miedo a perderla.

—Yo no recuerdo haberla visto puesta cuando me marché.

—Estoy segura, James —dije con voz más calmada y el cuerpo templado por el calor.

—Está bien —dijo con un suspiro—. ¿Tienes otra copia?

—Creo recordar... —me quedé pensativa unos segundos— que guardé una en el bote de las galletas—. James me miró perplejo.

—¿En el bote de las galletas? —y esbozó una sonrisa.

—Sí —dije un poco avergonzada—, en el bote de las galletas. ¿Algo que alegar, inspector?

—En absoluto.

—Iré a comprobarlo. —Y me dirigí a la cocina.

—De acuerdo.

Y efectivamente, la llave estaba dentro del bote de galletas que guardaba en la alacena. La cogí y regresé al salón. James estaba de pie frente al fuego con las manos en los bolsillos y la mirada perdida en las llamas. Me apresuré a poner la llave de vuelta en la cerradura y me puse frente a él.

—¿Te apetece algo de beber?

—No. gracias, tengo que volver al trabajo. —Alzó la vista y me clavó sus ojos—. No deberías pasar la noche aquí sola.

—Me iré al estudio —e hizo un gesto de aprobación con la cabeza.

—Muy bien, recoge tus cosas. Daré el aviso de que pongan una patrulla allí, ¿de acuerdo?

—De acuerdo.

—Y enviaré a alguien para que cambie la cerradura.

—Te lo agradezco, James —dije desviando la mirada al suelo.

—¿Estás bien?

—Sí... sí. Sé cuidarme sola.

—Ya lo veo, te dejo un par de días y... —No le dejé terminar la frase.

—Pues eso, ¿para qué me dejas sola?, ¿eh? —me seguía mirando con sorpresa.

—¿Cómo?

—Que me pregunto yo, qué... —tragué saliva—. ¿Qué haces tú con Ana? —las palabras salieron despedidas de mi boca y James abrió los ojos como platos.

—¿Qué hago yo con Ana? —dijo con tono receloso y bastante exasperado—. ¿Qué haces tú con cinco a la vez? —Se atusó el pelo y me fulminó con la mirada—. ¿Cómo te atreves, Amanda? Eres la menos indicada para de... de... decir a nadie con quién sale o con quién no.

—James, perdona... no quería... —Y alargué el brazo para tocarle.

—Déjalo, no sigas —Me apartó con un manotazo y se fue hacia a la puerta.

—Pero yo... (¿Por qué tenía que haberle dicho eso? ¡Estúpida!). Lo siento, James.

—Nunca cambiarás, ¿verdad? —Me quedé callada sin saber qué decir a su pregunta—. Déjalo, no tienes que responder, ya sé la respuesta —cogió la chaqueta que había dejado sobre el sofá y abrió la puerta—. Te avisaré si hay alguna novedad.

—James...

Antes de desaparecer, se paró en seco y me fulminó con la mirada llena de odio. Me quedé destrozada y caí al suelo de rodillas con los ojos inundados en lágrimas. Ahora sí que lo había perdido del todo.

Para cuando llegué al apartamento ya era de noche. Dejé en la entrada la maleta que había hecho a toda prisa, la abrí y saqué el ordenador. Me pondría manos a la obra con el presupuesto del nuevo pedido, así podría distraer mis pensamientos de todo lo sucedido aquel día. Puse un poco de música clásica y abrí una botella de vino que guardaba para una ocasión especial, de todos modos, ya no tendría con quien compartirla. Tragué saliva y me quedé horrorizada con la simple idea de que algo les hubiera sucedido.

Me senté junto a la ventana y me quedé abstraída mirando el vaivén de las copas de los árboles. Había grupos de gente con bolsas repletas de botellas haciendo botellón por todo el parque. Era sábado por la noche, y los jóvenes solían reunirse a la orilla del canal a disfrutar de bebidas barata que compraban en los supermercados a escondidas de la policía. Me quedé observando cómo se divertían mientras abría el portátil y pulsaba la tecla de encendido, al tiempo que cogía el móvil del bolso y revisaba los mensajes. Los fui revisando uno a uno con suma cautela de no borrar nada que no debiera. Tenía un nudo de pánico en la garganta de encontrarme algún otro de tipo ofensivo, pero en su lugar encontré uno de disculpa de Antonio, otro de Terry y varios de Rachel. Ninguno de James.

Antonio, 16:00 p.m.

Te doy una segunda oportunidad. Mañana domingo en nuestro hotel.

Te estaré esperando en la puerta a las 22:00 h.

Si no apareces, entenderé que lo nuestro ha terminado.

"Increíble, ¡será prepotente!" Pasé al segundo mensaje.

Terry, 16:06 p.m.

Hola, Amanda, espero que no tuvieras problemas con tu amigo. Me marcho el lunes por la mañana. Me gustaría verte antes de irme. Llámame. Un beso.

"¡Terry! Es verdad, se marcha el lunes. Bueno, ya veré". Y continué leyendo.

Rachel, 16:35 p.m.

¿Estás bien? Te he llamado, pero no contestas.

Llámame, ¿vale? Un beso.

Rachel, 16:45 p.m.

Estoy empezando a preocuparme. ¡Haz el favor de llamarme!

Rachel, 16:55 p.m.

Voy a llamar a la policía si no te localizo. ¡Haz el favor de coger el jodido teléfono!

Cogí el teléfono y llamé a Rachel con la esperanza de que no tuviera a medio Wiltshire revolucionado buscándome. Había pasado casi una hora y más de veinte llamadas perdidas desde sus mensajes. La voz cortante y seria de Rachel sonó al otro lado del auricular al mismo tiempo que llamaban al timbre de la puerta.

—Cuelga y abre la puerta —su voz al otro lado del altavoz era glacial.

Colgué el teléfono y fui a abrir, pero antes, eché una rápida ojeada por la mirilla. Aunque no pudiera verla con total nitidez, era ella, no cabía la menor duda. Tras abrir la puerta, me encontré a una Rachel desencajada a punto de estallar con los ojos fuera de sus órbitas. Era una imagen que, por desgracia, conocía bastante bien debido a sus continuas peleas con Tomy.

—¡¿Tú no sabes coger el teléfono y llamar?! —dijo estática sobre el felpudo de la entrada.

—Rachel, yo... —no me dejó terminar la frase y antes de que me diera cuenta, la tenía colgada de mis hombros envolviéndome entre sus largos brazos con un estremecedor abrazo.

—Me tenías muy preocupada, ¿sabes? —le devolví el abrazo.

—Lo siento, Rachel, lo último que quiero es preocupar a nadie, y menos a ti.

—Y ahora no estaría mal que me invitases a entrar —me dijo al oído.

—Pero ¡claro! Pasa. —Nos habíamos quedado allí plantadas como dos idiotas. Abrí la puerta de par en par y le hice un gesto con el brazo.

—Gracias a Dios que se me encendió la luz y llamé a James. Ya iba a empezar a empapelar todo Wiltshire con tu fotografía. Me dijo que estabas aquí y que agradecerías un poco de compañía. ¡Pues aquí estoy! —Y volvió a abrazarme en medio del salón.

—Gracias, Rachel, no sabes cuánto te lo agradezco. —Y se me escapó una lágrima.

—No seas tonta. —Y permanecimos abrazadas.

—No sé qué pensar, Rachel, todo esto me supera.

—James me ha puesto al corriente —dijo cogiéndome la cara con ambas manos—, ya verás cómo los encuentran y aquí no ha pasado nada.

—Eso espero.

—¿No tienes ni idea de quién puede ser?

—Ni idea. Primero fueron los mensajes obscenos, luego los

107

ramos de rosas con las tarjetas y después esos mensajes.

—¿Y no has vuelto a saber nada más de ellos? —dijo acomodándose en la silla mientras se quitaba la chaqueta.

—Nada. Les llamo pero no contestan. Todo esto es muy extraño —dije sentándome junto a ella.

—La verdad... —e hizo un gesto de extrañeza con la boca— sí que lo es. ¿Puedo? —dijo señalando la botella de vino.

—Por supuesto. —Y fui a la cocina a por una copa.

—¿Qué pasó el otro día en mi casa, Amanda? ¿Por qué saliste corriendo?

—¿De verdad quieres saberlo? —Y la miré con una ceja arqueada mientras regresaba a la mesa.

—Sí —dijo muy seria.

—Nada que tú ya no sepas —le contesté mientras llenaba la copa y se la ofrecía.

—Quiero oírlo de tu boca, Amanda —dijo expectante con la copa en la mano.

—¡Tomy es un cerdo! No lo soporto, Rachel —cogí la copa y le di un buen trago—, y ese día no estaba para tonterías.

—Hijo de puta.

—Tienes que dejarle, Rachel. ¿Qué coño haces con ese tío? Podrías tener al que quisieras, en serio, Rachel. Déjalo de una vez.

Se quedó callada con la mirada fija en la ventana y los ojos a punto de explotar en llanto.

—Que no me respete a mí lo puedo aguantar... —apretó los dientes—, pero que se pase contigo... Hijo de puta.

—No me importa, de verdad, la que me importas eres tú y para colmo no aparece ni por tu casa. ¿A qué estás esperando?

—Tienes razón —y levantó la copa con los ojos medio llorosos—, brindemos por mi nueva vida sin el capullo de mi novio. —Esbozó una sonrisa—. ¡Que le den!

—¡Que le den! —Y bebimos un largo trago al unísono.

—Cambiando de tema, ¿sabes quién estaba esta mañana en la comisaría?   —¿Quién? —dije dejando la copa sobre la mesa.

—Ana. ¿Te acuerdas de ella?

—Sí, ¿cómo no acordarme? —Y se me escapó un suspiro—. Está viviendo en casa de James... —hice una pequeña pausa—, con su hija.

—¡¿James tiene una hija?! —dijo con cara de no dar crédito a mis palabras.

—No seas bruta, la hija es de Ana. —Pareció aliviada tras mis palabras.

—Pero... ¿Desde cuándo?

—¿Hace una semana? —le contesté encogiéndome de hombros—. No tengo ni idea.

—Que putada, ¿no? —dijo mientras apoyaba ambos brazos sobre la mesa—. Ahora que parecía que James... y tú...

—¡No digas tonterías! —Y volví a coger mi copa.

—¡Vale!, ¡vale! No he dicho nada. Mejor dicho, olvida lo que acabo de decir.

—Eso está mejor —Y terminé la copa de un trago.

—Parece enferma, está en los huesos.

—Eso me pareció a mí —dije asintiendo con la cabeza—, me encontré con ella hace unos días en la comisaría.

—¿Crees que van en serio o lo hace por pena? —Sus palabras me dejaron pensativa.

—Pues no lo había pensado, la verdad, (eso lo cambiaría todo).

—¿Y esa sonrisa?

Me había quedado embobada en mis pensamientos.

—¿Qué? —dije volviendo a la realidad.

—Se te ha dibujado una sonrisita en la cara. ¿En qué estabas pensando?

—No me estoy riendo. —Me rasqué efusivamente la cabeza—. Tú imaginas cosas.

—Ya, ya —y esbozó una sonrisa.

—Tengo un nuevo encargo, ¿sabes? —dije intentando desviar la conversación.

—Eres una experta en cambiar de tema.

—Ja, ja... —dije con tono irónico.

—Y, cuéntame, ¿de qué se trata? —Cogió la botella y volvió a llenar las copas.

—Una tal Elena Somosierra, de momento, dos esculturas; y si les gustan, me encargarán más.

—No todo iba a ser malo, ¿no? Me alegro, Amanda.

—Yo también —el vino comenzaba a afectarme la cabeza—. ¿Te quedas a dormir?

—¿Por qué no? —dijo ladeando la cabeza, aferrándose a la copa de vino.

—Pedimos unas pizzas y terminamos con el vino.

—Hecho —y nos dimos un apretón de manos.

Hice una llamada, y en cuestión de media hora teníamos las pizzas sobre la cama y la botella de vino en la mesita de noche. Nos quedamos charlando hasta altas horas de la madrugada hasta que el alcohol hizo mella en mi dolorido cuerpo y sin saber cómo ni cuándo, caí fulminada entre cajas de pizza.

Me despertó el traqueteo de vasos en la cocina. Tenía una importante resaca y un trozo de pizza pegado en la mejilla. Abrí un ojo lentamente y pude observar el ir y venir de Rachel de un lado a otro de la cocina con la cafetera en la mano buscando azarosa el paquete de café.

—Está en la nevera —dije apenas con un hilo de voz que resonó en mi cabeza como un martillazo.

—Buenos días —dijo volviéndose hacia mí con una amplia sonrisa—. No quería despertarte.

—Eso es imposible con la que estás armando —dije devolviéndole la sonrisa.

—¿Guardas el café en la nevera? —preguntó frunciendo el ceño.

—Así no se le va el aroma.

—Nunca dejarás de sorprenderme —y se dirigió hacia el frigorífico—. Me tengo que marchar, tengo que terminar un expediente y ya llego tarde —dijo poniendo la cafetera sobre la encimera.

—O.K. —La luz me cegaba y me cubrí la cara con la almohada.

—¿Estarás bien?

—Sí, no te preocupes, tengo cosas que hacer y la escolta de protección está en la puerta. —Y solté una carcajada.

—De acuerdo. Te llamaré luego, ¡pero coge el teléfono por favor! —retiré la almohada, le contesté asintiendo con la cabeza y volví a cerrar los ojos.

Cuando los abrí de nuevo, tenía la taza de café en la mesita de noche y una nota de despedida donde me recordaba que, ¡por favor!,

¡cogiera el jodido teléfono!

Me incorporé en la cama y degusté cada trago del delicioso café que había preparado Rachel. Repasé mentalmente todo lo que me había quedado pendiente de hacer: responder al e-mail de Elena Somosierra; quedar con Terry para el domingo; intentar llamar de nuevo a Ted, a Giovanni y a Jacob; llamar a James, a ver si había alguna novedad y... Antonio. ¿Quería volver a verle? Si lo pensaba fríamente, yo sabía muy bien a lo que me atenía cuando lo conocí y, la verdad, es que una sesión de *bondage*... pues no me vendría nada mal...

Tomé una larga y relajante ducha y me puse manos a la obra. Cogí el teléfono y comencé a marcar números. El único que contestó fue Terry.

—¡Hola, Amanda!

—Hola, Terry, ¿Cómo lo llevas?

—Pues bien, un poco liado intentando ver a todo el mundo antes de marcharme y creo que la única que me falta eres tú. Pensaba llamarte.

—Te he leído el pensamiento.

—¿Podrás hacerme un hueco en tu atareada agenda?

—Por supuesto. ¿Mañana te parece bien?

—Estupendo. Podríamos quedar a comer.

—O.K. ¿A las dos?

—Perfecto.

—Pues, hasta mañana.

—Hasta mañana, entonces.

Busqué en la agenda el teléfono de James y pulsé el botón de llamar. ¿Habrían dado con ellos?

—¿Sí? —contestó con tono cortante.

—¿James?

—Dime, Amanda.

—¿Hay alguna novedad? —pregunté cautelosa.

—Nada nuevo —e hizo una breve pausa—. ¿Cómo está tu brazo?

—Bien... —lo había olvidado por completo—, estoy bien.

—Te tengo que dejar, Amanda, tengo trabajo. Te llamo en cuanto tengamos algo.

—De acuerdo.

—Bien.

—James... —y colgó el teléfono dejándome con la palabra en la boca.

Me quedé con cara de pasmarote y el móvil sobre la palma de la mano. Dudé tan sólo unos segundos antes de buscar el número de Antonio y enviarle un mensaje:

Allí estaré.

Tanto si era por Ana, como si no, no tenía derecho a hablarme de esa manera. ¿Quién se había creído? Estaba tremendamente exasperada. Ahora estaría contento con sus contrincantes fuera de juego en paradero desconocido. Quizás lo había estado deseando con tanta fuerza que... Una imagen se cruzó fugazmente ante mis ojos. "¡No puede ser! ¡James!, pero ¿qué has hecho?" Me cubrí la boca con ambas manos y por un segundo creí desfallecer. Mis pensamientos se tiñeron de incertidumbre. "No sería capaz... pero... el día del beso le pregunté si sería capaz de matar por mí, y su respuesta fue Sí". No podía dar crédito a aquellas conclusiones. Cogí de nuevo el teléfono y volví a marcar su número.

—Amanda, ahora mismo estoy ocupado, más vale que sea urgente.

—¡¿Qué has hecho, James?!! —dije fuera de mis casillas.

—Pero ¿de qué estás hablando?

—Me dijiste que matarías por mí.

—Pe...pe... pero ¿de qué es... es...estás hablando, Amanda?

—El día de la acampada me dijiste que matarías por mí.

—Lo que estás diciendo no tiene ningún sentido. ¿De verdad piensas que los he ma... ma... matado?

—¿Qué has hecho con ellos, James?

—Amanda, cálmate ¿quieres?

—¿Que me calme?

—Estás siendo irracional. Deberías descansar.

—Más te vale que estén bien. ¿Me oyes?

—¡Amanda, deja de decir gilipolleces! —gritó al otro lado del auricular—. ¡Amanda!, ¿estás ahí? —había enmudecido con sus gritos—. ¡Amanda!

—Pero tú... —dije con un hilo de voz.

—Creo que deberías descansar —dijo con firmeza—. Ahora tengo que dejarte, te llamo luego.

—Júramelo, James.

—No tengo que jurarte nada —dijo con tono resentido—, me duele que pienses algo así de mí.

—Perdona, James, yo...

—Descansa, luego te llamo. —Y colgó.

Tenía las manos temblorosas. Quizás tuviera razón y lo que tenía que hacer era descansar. Me recosté en la cama e intenté cerrar los ojos, pero me fue imposible. Aquella fugaz imagen de James reaparecía una y otra vez. Necesitaba pensar con claridad, pero enclaustrada en mi apartamento me era totalmente imposible. Abrí la maleta y busqué algo que ponerme. Cogí unos vaqueros, una blusa, me vestí y salí a la calle.

Cuando abrí la puerta, el frío viento me abofeteo la cara con fuerza. Eché una rápida ojeada a ambos lados de la calle y crucé de acera. Dos agentes estaban en un coche patrulla custodiando la entrada. Me vieron salir e inmediatamente se apearon del coche.

—Buenas tardes, señora —dijo uno de los agentes con amabilidad.

—Buenas tardes.

—Tenemos órdenes de saber dónde está en todo momento. ¿Iba a alguna parte?

—Quería estirar un poco las piernas, estaré por el barrio. No tardaré en volver.

—De acuerdo —e hizo un gesto de aprobación.

—Muchas gracias por todo.

—De nada, señora, sólo hacemos nuestro trabajo —dijo enorgulleciéndose de sus palabras.

—Hasta luego. —Di media vuelta y comencé a andar a paso rápido.

Llevaba un buen rato dando vueltas y había tenido tiempo de cumplir con mi palabra y cogerle el teléfono a Rachel. Insistió en verme, pero la tranquilicé, le dije que me encontraba bien y que no hacía falta que cogiera el coche hasta Reading, que daría un par de vueltas más y volvería al estudio. Le mentí, no le dije que vería a Antonio. Al día siguiente la llamaría y le explicaría todo con pelos y señales. Lo último que me hacía falta era una reprimenda por su parte. Necesitaba divertirme un poco.

La noche cayó implacable y el cielo se tiñó de negro sobre mis hombros. Miré la hora y comprobé con asombro que ya eran las diez menos veinte. Aceleré el paso y puse rumbo al hotel. No quedaba muy lejos de allí, si me apresuraba, llegaría a tiempo. Un minuto tarde y

Antonio se marcharía. Crucé el puente que separaba los dos extremos del canal y bajé por la avenida entre un bullicio de gente que se agolpaba a las puertas de una discoteca. Continué a paso rápido hasta la esquina del hotel y, cuando vi a Antonio, paré en seco. Mi móvil había comenzado a sonar y lo saqué del bolso, comprobé que era James quien llamaba y descolgué.

—¿Dónde demonios te has metido? —dijo con tono severo.

—¿Perdona?

—Los agentes me informaron que saliste de casa hace unas cuantas horas y que aún no has regresado. ¿Dónde demonios estás?

—Estoy bien, sólo quería estirar un poco las piernas —observaba a Antonio frente al hotel que comenzaba a impacientarse—, volveré en un par de hora, estaré bien.

—Espero que no cometas ninguna imprudencia, Amanda.

—No pasará nada —dije mientras caminaba hacia Antonio—. Ahora tengo que dejarte. Adiós. —Y colgué el teléfono.

—Pensaba que no vendrías —me dijo Antonio con un tono muy seductor cuando llegué frente a él.

—Parece que no me conoces —y diciendo esto le espeté un fugaz beso en los labios—. Vamos.

Lo arrastré del brazo a través del Hall del hotel. No me hacía falta preguntarle el número de habitación, estaba segura de que sería la 103. Siempre nos daban la misma, ya sea porque era una de las que daban al final del pasillo y quedaban más apartadas o porque Antonio tenía predilección por ese número. Yo me decantaba más por la primera opción.

Era un pequeño hotel situado a orillas del canal, los alrededores eran tranquilos y el trato muy familiar, aunque no sé hasta qué punto era eso bueno cuando íbamos a su hotel a practicar ese tipo de sexo. En más de una ocasión me había tenido que cubrir el rostro con gafas, sombrero y un pañuelo alrededor del cuello para ocultar las magulladuras de las cuerdas, y estaba segura de que mis gritos llegaban a oídos del recepcionista, y si me apurabas, a los vecinos del bloque colindante.

Mientras esperábamos el ascensor, Antonio se puso a mis espaldas y me agarró con fuerza del brazo, se inclinó hacia mí, me ladeó la cabeza y me besó el cuello con delicadeza. ¿Por qué tenía este efecto sobre mí? Estaba a su merced. Las puertas del ascensor se abrieron y una pareja de ancianos nos sonrieron al tiempo que salían y nos dejaban paso. Una vez dentro, nos quedamos cara a cara mientras las puertas se cerraban. Antonio alzó el brazo y pulso el uno sin quitarme sus ojos de depredador de encima.

—Te he echado de menos —dijo con voz roca y mirada maliciosa.

—Y yo a ti —dije mordiéndome el labio. Nos mantuvimos la mirada hasta que las puertas se abrieron y Antonio me sacó con brusquedad del ascensor.

—No sabes cuánto —y se giró para mirarme lascivamente al tiempo que caminábamos por la moqueta de aquel estrecho pasillo.

—¿La 103? —Asintió con la cabeza, con la mirada fija en la puerta y la llave en la mano.

—Adelante, princesa —dijo clavándome de nuevo sus penetrantes ojos—, después de ti.

Oí cerrarse la puerta a mis espaldas y los pasos de Antonio acercándose lentamente. El corazón me latía a una velocidad vertiginosa y un escalofrío me recorrió todo el cuerpo cuando noté sus manos alrededor del cuello.

—¿Me deseas? —y noté el calor de su aliento en la nuca.

—Sí —dije con un hilo de voz.

—No te oigo —dijo mientras me acariciaba el cuello con ambas manos.

—Sí, te deseo —dije enérgicamente—, ahora.

—Desnúdate —dijo zafándome de sus garras— y no te gires.

Obedecí sus palabras dócilmente y me fui desprendiendo de la ropa poco a poco hasta quedar completamente desnuda de espaldas a él. No podía verle, pero podía sentir el calor de su cuerpo extremadamente cerca. Volvió a apartarme el cabello a un lado del cuello y comenzó a mordisquearme el lóbulo de la oreja. Una punzada de placer me recorrió todo el cuerpo e hice amago de girarme. Quería besarle desesperadamente.

—Te he dicho que no te giraras —su tono era mordaz.

—Bésame —y me giré enfrentándome a él.

—¿Me estás retando, Amanda? —su tono era severo.

—Bésame ya, ¿quieres? —y me acerqué a sus labios.

—Ahora no —dijo rozándome los labios con el dedo índice—, eso va a tener que esperar.

Y sin quitarme la mirada de encima, me apartó a un lado y cogió una maleta que había a los pies de la cama. Yo le observaba jadeante con el corazón en la mano. Fue sacando, lentamente, largas cuerdas de cuero y las depositó sobre la cama en forma de exposición. Con tono impositivo me pidió que me pusiera a cuatro patas, imposición que seguí al pie de la letra. Él seguía mirándome, esta vez, con una leve sonrisa dibujada en sus labios. Cogió una de las cuerdas, me ordenó abrir la boca y la introdujo en ella, tiró de ambos lados hacia atrás y fue tensándolas por todo el cuerpo. Primero por los pechos y el vientre, luego por la entrepierna, más tarde por las piernas y los tobillos, dejándome completamente inmovilizada. Volvió a coger otra cuerda y me ató las muñecas al tiempo que sacaba una bola de color rojo del tamaño de una bola de billar que introdujo en mi boca. La excitación se transformó en pánico al verme completamente indefensa. Se sentó en la cama frente a mí y se quedó observándome con ojos felinos al igual que un depredador mira a su presa antes de devorarla. Yo tenía los ojos muy abiertos y le observa, paciente y sumisa, con el cuerpo medio entumecido por las ataduras. Tras unos eternos segundos se levantó y comenzó a desnudarse. Antes de dejar los pantalones en el suelo, metió la mano en el bolsillo y sacó un pañuelo de color rojo.

—Ahora, déjate llevar —se arrodilló y me tapó los ojos.

Inspiré profundamente e intenté calmarme. "Tú querías esto", me repetí una y otra vez mentalmente hasta que los latidos de mi corazón retomaron un ritmo más acompasado. Debía tranquilizarme o esto acabaría mal.

—Me encantan tus piernas, Amanda —y comenzó a deslizar algo sobre ellas, algo frío y pesado

—Mmmmm —y lancé un gruñido de placer.

—¿Eh, princesa? —dijo azotándome con fuerza en los cachetes—. ¿Suplicarás?

—Mmmmmm —y volví a gemir, esta vez de dolor.

Continuó acariciándome lentamente por la espalda, en los pechos, en la entrepierna... me quería morir. Seguí emitiendo sonidos guturales hasta que noté que se detenía en mi trasero. Lo abrió y comenzó a lamerlo al tiempo que dibujaba pequeños círculos en el clítoris. Creí desfallecer de placer y continué gimiendo hasta que me penetró de una manera atroz. Las embestidas me hicieron caer al suelo y la moqueta aplastó mi cara. El seguía penetrándome con fuerza una y otra vez hasta que pude sentir su esencia sobre mi espalda. Estaba exhausta tirada en el suelo oyendo los gemidos de Antonio sobre mi espalda.

—Mmmmm —no podía más y comencé a gruñir. Necesitaba zafarme de las ataduras.

—No tengas tanta prisa, princesa —dijo cogiéndome por el pelo y ladeándome la cabeza—, a mí me gusta verte así.

—Mmmmm —me hacía daño. Esto ya no tenía ninguna gracia.

—¿Crees que puedes jugar conmigo? —me dijo al oído—, pues te equivocas. —Y me soltó bruscamente del pelo—. Soy yo quién jugará contigo.

Su tono frío y mordaz me hizo estremecer. Maniatada y amordazada en el suelo de aquella habitación de hotel a manos de Antonio, estaba jodida. No opuse resistencia a sus sucesivas embestidas, de hecho, me comporté como una perra dócil, complaciente y sumisa. O así fue como me llamaba entre gemidos, perra.

No recuerdo el momento en que perdí el sentido, pero gracias a Dios, lo perdí.

—Amanda. Soy James, Amanda.

Parecía estar en un sueño. La sensación era plenamente placentera, miraba hacia arriba y el sol brillaba en medio de un cielo azul. La brisa me acariciaba el rostro y yo sonreía tumbada sobre una tullida cama de algodón, hasta que la imagen se volvió turbia y la cara de James apareció de la nada. No podía moverme y apenas oía lo que me estaba diciendo.

—¿James? —poco a poco las palabras se volvieron nítidas. Estaba completamente aturdida.

—Amanda, soy yo, James. Ya pasó todo.

—¿Qué? —intenté moverme, pero el cuerpo no me respondía.

—Tranquila, estas en el hospital.

En aquel momento asaltaron a mi mente todo tipo de sensaciones y comencé a recordar lo sucedido. Miré a mi alrededor sobresaltada con el corazón en la garganta.

—¡Hijo de puta! —me llevé las manos a la cara y exploté en cólera.

—Tranquila, tranquila, todo está bien, todo ha pasado, Amanda —y me arropó entre sus brazos.

—¡Hijo de puta! —y caí sollozando.

—¿Quién te ha hecho esto?

—Antonio —tenía la voz entrecortada—, yo...

—Shhhh —y me abrazó con fuerza—, tranquila, daré con él. Pagará por lo que te ha hecho.

—James, yo... —tenía el cuerpo entumecido.

—Shhhh, ahora no —dijo acariciándome el pelo—, necesitas descansar.

—No te vayas, James —dije suplicándole, aferrándome más fuerte a sus brazos.

—No me iré, tranquila. No me voy a ninguna parte. —Estaba completamente avergonzada y dolorida.

Se tumbó a mi lado y continuó acariciándome el pelo hasta que me calmé y me derrumbé entre sus brazos.

Cuando abrí los ojos de nuevo, comprobé que todo lo sucedido había sido real, y no un sueño. Estaba en un hospital con un gotero y la herida del brazo con un nuevo vendaje. Me dolía cada una de las partes de mi cuerpo, empezando por las uñas de los pies y terminando por el último pelo de la cabeza. ¿Y James? ¿Habría sido un sueño o realmente había estado aquí tumbado a mi lado? Me costaba discernir entre lo real y lo imaginario. Debía de estar sedada o con un alto índice de fármacos en el cuerpo. La idea de incorporarme la desestimé por completo, no llegaría ni a dar dos pasos seguidos, pero la apremiante necesidad de ir al baño me hizo pensar en alguna otra opción, porque alguna otra habría. Miré a través del cristal que daba al pasillo y comencé a hacerle señas a una enfermera que estaba sentada al otro lado de un pequeño mostrador. Alcé la mano un par de veces antes de percatarme del timbre que tenía justo al lado de la cabecera de la cama, y es que, como decía mi madre, son estos pequeños detalles los que te hacen parecer idiota. Todo estaba en silencio. Tan sólo iluminaba el pasillo la tenue luz de emergencias del techo. La enfermera, una mujer de unos cincuenta años, bajita y robusta, vino enseguida. Parecía adormilada y caminaba con desgana.

—Hola, corazón, ¿Te encuentras bien? —dijo con un gentil gesto dibujado en su cansado rostro.

—Hola, sí... —no sabía muy bien cómo formularle la pregunta—, es que... necesito ir al baño, pero no sé cómo llegar hasta allí.

—Mi niña, no hace falta —dijo acariciándome la mejilla—, llevas una vía, ¡pero no se lo digas a nadie! —Y me hizo un guiño de complicidad—. Yo tampoco se lo diré a nadie, ¿vale?

—¿Ah... sí? —dije levantando la sábana y echando un vistazo a mis partes bajas.

—No me extraña que no la notes —y volvió a acariciarme la mejilla con dulzura—, mi niña... ¿Necesitas algo más... agua, comida, más calmantes?

—No, no, muchas gracias.

—Bueno, pues ahora a descansar y, si necesitas algo, no dudes en llamar al timbre.

—Gracias.

—De nada.

—Perdona —dije antes de que cerrara la puerta—, ¿había un chico durmiendo conmigo o... han sido sólo imaginaciones mías?

—No, mi niña, no lo has imaginado. Un chico muy guapo por cierto, y se ve que te quiere mucho. No se ha movido de la habitación desde que te trajeron. ¿Es tu novio?

—No —dije poniendo una triste expresión en el rostro.

—Pues no será porque él no quiera. Perdona, a lo mejor me estoy metiendo en lo que no me llaman.

—No, no se preocupe.

—Lo llamaron hace una hora más o menos y se tuvo que marchar. Me pidió que te cuidara y que no te quitara el ojo de encima —y soltó una pícara sonrisa.

—Gracias.

—De nada, ahora a descansar —cerró la puerta y regresó detrás del mostrador, se sentó en la silla y continuo haciendo lo que había dejado a medias.

¿Qué hora sería? No podía ver el exterior, estaba en una habitación sin ventanas, un tanto claustrofóbica. No tendría más de dos metros cuadrados y un viejo sofá. "Lo que daría por estar tumbada de nuevo con James. O sea... que no se apartó de mí en ningún momento...", mmmm... me agradaba ese pensamiento. Ahora sólo me quedaba volver a cerrar los ojos y esperar a que James regresara. Me acomodé como pude en aquel incómodo colchón con olor a anciano moribundo y entorné los ojos, pero en vez de relajarme, me vinieron todo tipo de recuerdos de lo sucedido en la habitación del hotel. ¡Hijo de puta! Jamás hubiera imaginado acabar de esa manera. En cada uno de nuestros encuentros en aquel hotel, había tenido la impresión de que me iba a dejar maltrecha, pero en ninguna ocasión había sucedido así y acabé relajándome. Siempre tenía ese nudo en el estómago, pero con la total confianza de que no me sucedería nada y acabé por cogerle gusto a esa incertidumbre. Confié plenamente en Antonio, y ahora que lo pensaba fríamente y no con la libido subida, debía de estar loca para confiar de aquella manera en un desconocido, porque eso es lo que era, un completo desconocido del que no sabía nada más que su nombre. Nunca llegué a intimidar de la forma en que generalmente se entabla una relación. No, lo nuestro era puro sexo y nada más. Cada vez que intentaba cerrar los ojos, el mordaz sonido de su voz diciéndome todo tipo de vejaciones me taladraba los oídos. Recordar el dolor que me producía cada vez que me azotaba en las costillas con quién sabe qué artilugio, me producía arcadas y una tremenda sensación de asfixia.

—¡Hijo de la gran puta! Espero que tengas una muerte lenta y dolorosa. Espero que alguien te haga pasar por lo que me has hecho pasar a mí y que esa bola de billar con la que me hacías callar te deje sin palabras cuando te la metan por el culo y te proporcione un lento y agónico orgasmo que, espero, sea el último de tu jodida vida. ¡Ahhhhhhh! ¡Ahhhhhh! ¡Mal nacido! ¡Espero que te pudras en el infierno!

—Necesito ayuda, ¡rápido!

— ¡Ahhhhhhhh! Me quiero morir. ¡Ahhhhh! ¡Hijo de puta!

—¡Amanda! ¡Amanda! Sujetarla.

—¡Dejarme en paaaaaz! ¡Fuera de aquí!

—Shhhh, tranquila. Tranquila. Eso es.

—Por poco te pierdo, princesa. Pero no te preocupes, Antonio está donde tiene que estar, y tú estarás conmigo muy pronto, que es dónde siempre debiste estar.

—¿James?

Aquella voz me era familiar. Me pareció reconocer a James e intenté alargar la mano para acariciarle, podía sentir su presencia muy cerca. Palpé alrededor de la cama a ciegas. No pude tocarle e intenté abrir los ojos para verle, pero me fue imposible, estaba tan sedada que hasta el simple hecho de mover un párpado me costaba horrores, y desistí. Pronuncié su nombre un par de veces más con la poca fuerza con que contaba y, tras una larga espera sin respuesta aparente perceptible a mis oídos, desistí y caí fulminada en décimas de segundo. Un instante después, o por lo menos eso fue lo que me pareció a mí, volví a oír mi nombre. Alargué el brazo y, esta vez, la calidez de una mano me acarició el rostro.

—¿Amanda? ¿Cómo te encuentras? —Pude reconocer su voz al instante.

—¿James? —dije un tanto adormilada.

—Sí, soy yo. Buenos días —y noté una suave caricia en la mejilla.

—¿Dónde estabas? —dije entreabriendo los ojos.

—Me llamaron de la comisaria. Una urgencia —dijo al tiempo que se sentaba en el hueco que quedaba en la cama—, pero dime, ¿cómo te encuentras?

—Pues ahora mismo... —me costaba horrores hablar—, no lo sé.

—Anoche te dieron una buena dosis de tranquilizantes. Casi matas a los enfermeros —dijo esbozando una sonrisa.

—Ah... sí... —lo había olvidado.

—Sigues teniendo un buen derechazo, ¿eh?

—Ya te dije que sé cuidarme yo solita —dije con un hilo de voz.

—Bueno, de eso ya hablaremos otro día —su gesto se encrudeció—. He hablado con Rachel, está de camino.

—¡Rachel!

—Pensé que te vendría bien un poco de compañía. Creo que a partir de hoy te vamos a tener que custodiar día y noche. Eso de que te sabes cuidar tú solita ya no me vale. ¿Estamos de acuerdo?

—James... —dije con tono de desaprobación.

—No hay ninguna negociación posible, lo aceptas o tendré que tomar la determinación de meterte en el calabozo. Allí seguro que no te sucede nada.

—Ja, ja, muy gracioso —dije apenas sin voz.

—¿James? —la voz de una mujer se coló por la puerta.

—Un segundo, Amanda. —Se levantó y fue hacia la puerta.

Agudicé la vista y cuando recobré la visión, vi a Ana frente a la recepción. ¿Qué demonios estaba haciendo ella aquí? No, no, no. Intenté escuchar su conversación, pero estaban demasiado lejos de mi escaso campo auditivo. Ella parecía suplicarle algo y él miraba reiteradamente hacia donde yo estaba. Al cabo de unos segundos, asintió con la cabeza y ambos entraron en la habitación.

—Hola, Amanda, ¿cómo te encuentras? —dijo cogiéndome la mano con dulzura.

—Bien, gracias —debía de comportarme, tan sólo quería ser amable conmigo.

—James me dijo que estabas ingresada, espero que no te moleste que haya venido a verte.

—No, Ana, te lo agradezco —dije intentado abrir un poco más los ojos y ser un poco más amable.

—Te he traído un regalo —dijo con una sonrisa que perfiló sus puntiagudos pómulos.

—No tenías por qué.

—No es nada —dijo extendiendo la mano—, toma, espero que te guste. —Y me ofreció un paquete envuelto en papel de regalo con la cara de Mickey Mouse.

—Muchísimas gracias, Ana. —Y se me escaparon un par de lágrimas.

—Vamos, ábrelo, no muerde. —Esbozó una sonrisa. Lo cogí y, tras unos segundos forcejeando con Mickey Mouse, conseguí abrir el envoltorio. Era una caja de bombones.

—¿Aún te acuerdas de mis preferidos? —No pude contener el llanto.

—Esas cosas nunca se olvidan, Amanda —y me envolvió en un

cálido abrazo—. Te he echado de menos. Yo sé que tú a mí no, eres una mujer muy ocupada. No hace falta que digas nada —me susurró al oído. Yo, no tenía palabras.

—Creo que acaba de llegar el relevo —dijo James mientras me secaba las lágrimas.

—¿Y la enferma? —dijo Rachel entrando por la puerta, haciendo aspavientos con los brazos—. No hace falta que vengas, si yo sé cuidarme sola. Es la última vez que te hago caso. Hola, James. Ana —dijo dirigiéndole una leve sonrisa, tras la que se acercó a mí con una mueca de disgusto en la mirada.

—No digas nada, ahora no —dije bajando la mirada como un perro escarmentado.

—Ahora no —me contestó en reprimenda—, ven aquí.— Y me abrazó.

—Nosotros nos marchamos, Amanda —dijo James—, pasaré más tarde, ¿de acuerdo?

—Ajá —asentí con la cabeza.

—Creo dejarte en buenas manos.

—Eso ni lo dudes —le contestó Rachel con tono de suficiencia.

—Bueno, Amanda, espero que te mejores pronto —dijo Ana saliendo por la puerta detrás de James.

—Eso espero, y, Ana... —dije haciéndole un guiño—, muchas gracias por los bombones.

—De nada.

—¿Me vas a contar qué demonios hacías tú con ese cabrón? —saltó Rachel nada más verlos desaparecer por la puerta.

—Rachel...

—Ni Rachel ni nada. Mira que sabía que algo te traías entre manos —y me miró con gesto de desaprobación.

—Nunca más.

—Pero mírate —y me cogió de la mano meneando la cabeza—, gracias a Dios que estás bien.

—Nunca me hubiera imaginado algo así, Rachel. Jamás. Fue horrible. —Y se me empañaron los ojos de lágrimas.

—¡Hijo de puta! Pero ¿qué te hizo?

—Mejor dicho —paré un segundo y tragué saliva—, ¿qué fue lo que no me hizo? Todo empezó como siempre. Quedamos en el hotel donde siempre nos veíamos cerca de casa, al otro lado del canal. Subimos a la habitación, nos desnudamos, bueno... me desnudé y comenzó a atarme, nada nuevo. Estuvimos un buen rato pasándonoslo bien, hasta que sacó no sé qué artilugio y comenzó a pegarme, pero no como otras veces, me hacía daño —Rachel me miraba fijamente sin pestañear—. Y gracias a Dios que perdí el sentido. Cuando volví a abrir los ojos, estaba en esta cama, y James estaba conmigo.

—¡Hijo de puta! —dijo apretando los dientes.

—Ya está, no volveré a ver a ese cabrón jamás, y tú tienes que prometerme algo.

—Lo que quieras.

—Que dejarás a Tomy —se quedó callada—. ¿Rachel?

—No he vuelto a verle desde que estuve en tu casa.

—¿Quieres verte igual que yo? —me miró y negó con la cabeza.

—Él nunca sería capaz de ponerme la mano encima... es un mujeriego empedernido, pero luego sería incapaz de matar una mosca —me contestó a modo de disculpa.

—Quiero que me lo prometas. —Y la miré fijamente a los ojos.

—Te lo prometo.

—Ahora ya me quedo más tranquila, y lo estaré aún más cuando lo hayas hecho.

—Esta vez sí, te lo juro —y me tendió la mano para formalizar sus palabras con un fuerte apretón de la mía...

Realmente deseaba que dejara a aquel pervertido. Algo me decía que si Rachel seguía con él, acabaría con los pies por delante. ¿Por qué será que hasta que no vemos el peligro, literalmente, sobre nosotros, somos incapaces de reaccionar? ¿Por qué será que hasta que no suceden las desgracias, no ponemos remedio a los problemas? ¿Por qué tenemos que ser tan tozudos? Ya lo podemos poner en el contexto que queramos, que siempre seguimos la misma regla de tres, la misma regla que sega vidas humanas a diestro y siniestro, sin importarle la edad ni el sexo, sin preguntar si aquella persona quería seguir viviendo. Un error, una mala decisión y estamos fuera de juego. Desaparecemos de la faz de la Tierra. Dejamos de existir.

¿Seremos capaces algún día de anticiparnos al peligro?, ¿de jugar con él, en vez de que él lo haga con nosotros?, ¿de darle la vuelta a la tortilla? La verdad sea dicha... sinceramente... creo que no.

Rachel se marchó al cabo de unas horas. Cuando el enfermero tocó la puerta con los nudillos y me informó que era hora de la cura, me despedí de ella y me dejé hacer por aquel gentil hombre. Primero sobre el lado izquierdo, luego sobre el derecho, brazos arriba, separa las piernas, ¡Auh! Parecía tener un puercoespín en las entrañas y una cruz colgada sobre los hombros. Tenía las muñecas en carne viva y las marcas de lo que pudo ser un látigo por todo el cuerpo. Le pregunté cuánto tiempo tendría que estar allí, y con un tono muy amable, me contestó que entre tres y siete días, dependiendo del progreso, pero que él no era quién para responder esa pregunta, que era un simple enfermero y que mi médico me visitaría después de la comida. ¡Comida! ¡Terry! Le pedí si hacía el favor de encontrar mi móvil, asintió con la cabeza y se dirigió al aseo, de donde regresó con una enorme bolsa de plástico en la mano que deduje contendría todas mis pertenencias, entre ellas, mi móvil. La depositó sobre la cama y se despidió con un hasta luego. Me apresuré a abrirla, sacar el bolso, rebuscar el móvil en su interior y marcar el número de Terry. Era la una del mediodía.

—Hola, Terry.

—No vienes, ¿verdad? —tan agudo como siempre.

—Esta vez es por una causa mayor —dije excusándome.

—Ya, ya, me las sé todas.

—Te lo juro, Terry.

—No tienes por qué mentirme, Amanda, simplemente dime que no te apetece venir y en paz. —Su tono era bastante serio.

—Terry...

—¿Qué?

—Estoy en el hospital.

—¡¿Qué?!

—No es nada, no quiero que te preocupes.

—¿Me dices que estás en un hospital y no quieres que me preocupe?

—No tendría que haberte dicho nada —dije resoplando.

—¿En qué hospital estás? Voy para allá ahora mismo.

—¡No! —exclamé. No podía venir. No podía verme así.

—¿Por qué? —su tono de voz denotaba confusión.

—Necesito descansar, Terry —dije ablandando la voz—, te agradezco el gesto, de verdad, pero ahora mismo lo que necesito es estar sola.

—¿Estás segura?

—Completamente. —Y se hizo un silencio.

—¿De verdad que estás bien? ¿Qué ha pasado?

—Una larga historia, ya hablaremos de eso otro día, ¿vale?

—De acuerdo —dijo bastante afligido.

—Adiós, Terry, la próxima vez, ¿O.K.?

—O.K. Adiós, Amanda, y cuídate.

El día pasó en un abrir y cerrar de ojos. Primero tragué como pude la insípida comida que me trajeron servida en una bandeja distribuida en pequeños compartimentos. Primer plato, sopa de verduras un tanto aguachinada. Segundo plato, pollo con un pegotito blanco que supuestamente era puré de patatas, pero que no me atreví a probar. Tan solo con mirarlo me producía arcadas. Siempre tuve repulsión por cualquier clase de purés. Esa textura líquida un tanto espesa que en más de dos ocasiones se me había desviado por el canal equivocado y había salido por las fosas nasales, provocándome un estornudo incontrolado y un escozor de ojos insufrible. Ese plato que odiaba hasta la médula y que mi madre me metía por las orejas, alegando que era una excepcional fuente de vitaminas. Eran su especialidad más variada, los hacía de patatas, de puerros, de acelgas y espinacas -con un color verdoso muy desagradable a la vista que lo hacía aún más difícil de digerir-, de zanahorias, de calabaza, de garbanzos... todo lo convertía en puré. ¿Y la gente se pregunta que por qué le tengo tanto odio? Pues porque no comí otra cosa de pequeña, aparte de purés. Por eso mismo.

Tras saltarme el delicioso puré, pasé al postre y el café con galletas. Una vez hube terminado, pasaron a recoger la bandeja, y no mucho tiempo después, el médico apareció por la habitación para hacerme el correspondiente chequeo. Buenas noticias, en un par de días me iría a casa. Me relajé como pude y puse la televisión. Una peli de vaqueros, ¡perfecta para echar una cabezadita! Entorné los ojos y me quedé escuchando el sonido de los caballos galopando y los estridentes gritos de los indios de fondo, hasta que mis párpados se cerraron del todo y los indios se hicieron presente en mis sueños. Sueño en el que galopaba a lomos de un bellísimo caballo blanco, de largas crines, a través de un vasto paraje completamente desolado. La sensación de libertad era estremecedora. El viento me acariciaba la cara y peinaba mi larga melena negra. Llevaba una especie de cinta en la frente que impedía al pelo atravesarse en mi vista. El paisaje cambió drásticamente cuando comencé a oír los gritos de guerra de los indios que resonaban entre las enormes montañas que me rodeaban. Seguí galopando hasta llegar a una especie de cueva. Entré y bajé del caballo de un saltó. Estaba oscuro, y fui palpando las húmedas paredes hasta toparme con algo muy extraño. Al tacto, parecía gelatina. Mis dedos se hundían en lo que quiera que aquello fuese, dejando una especie de pegamento sobre ellos. Intenté agudizar la vista mientras agarraba con fuerza las riendas del caballo, y algo me agarró del tobillo. Intenté zafarme, pero aquello que me sujetaba comenzó a apretar con más fuerza. En ese instante, unos gritos procedentes de la entrada de la cueva llamaron mi atención y el caballo salió desbocado hacia la luz. Me quedé momentáneamente ciega. Aquello que me agarraba del tobillo me dejó ir. Los gritos se desvanecían y yo recobraba la vista progresivamente. Ya no estaba en la cueva, me encontraba tumbada en una cama de hospital y seguía teniendo la misma sensación gelatinosa en la mano derecha. Cuando dirigí la mirada hacia ella, me encontré con la niña de cara desfigurada. Tenía parte de su rostro pegado a mis dedos. Me dedicó una de sus maquiavélicas sonrisas con medio rostro descolgado, mascullando algo ininteligible a mis oídos. De sus diminutas manos sacó, a modo de truco de magia, un papel que dejó caer sobre la cama. Muertos. Están todos muertos.

—Amanda.

—Muertos, todos están muertos.

—Amanda —Me despertó un dulce zarandeo.

—¿Qué? ¿Quién?

—Soy Irene, la enfermera. Estabas teniendo otra de tus pesadillas.

—¿Qué hora es? —dije un poco aturdida.

—Las dos de la mañana, mi niña —dijo acariciándome el pelo—, te ha llegado un regalo esta tarde —dijo señalando un ramo de rosas rojas que descansaban en el suelo.

—¿Quién las trajo? —me quedé paralizada.

—Un mensajero. Me dejó también esta nota. —Y me ofreció un sobre que sacó del bolsillo de su bata. Lo cogí con las manos temblorosas y lo abrí.

Espero que te mejores. Con cariño, Terry.

Había contenido la respiración demasiado tiempo. Me encontraba mareada y feliz al mismo tiempo.

—Bueno —me dijo la enfermera—, por fin veo una sonrisa. ¿Es tu novio esta vez? —negué con la cabeza—. ¿Un buen amigo?

—Sí —y las lágrimas comenzaron a manar de mis ojos.

—Tienes muchos amigos, Amanda, y muy guapos, por cierto. Anoche tuviste otra visita.

—¿Anoche? —dije extrañada—. ¿Quién?

—Me fui al servicio, y cuando regresé, lo encontré a tu lado acariciándote el pelo.

—¿James?

—No, no era el inspector. Le pregunté quién era, y me dijo que un buen amigo; y hoy he deducido que tiene que ser la misma persona que te envió las rosas esta tarde —comencé a temblar de nuevo y solté la nota—, le dejé unos minutos contigo y continué con mi trabajo. Anoche fue bastante movidita en la planta. Para cuando regresé, ya no estaba aquí. Un chico un tanto extraño, la verdad. —Y se quedó pensativa.

—¿Cómo era, Irene? —tenía un nudo en la garganta—. ¿Se acuerda de su cara?

—Pues no mucho, la verdad. Si te soy honesta, no me paré a

133

mirarle con detalle. Llevaba una gorra de beisbol, de eso sí me acuerdo, y de que era bastante alto. Es raro que la gente haga visitas a esas horas de la noche, le dije que no podía estar aquí y no me gustó nada la forma en la que me contestó, pero luego pensé que era normal, que estaba preocupado por ti y no se lo tomé en cuenta. Le dije que se tenía que marchar, que no eran horas de visita y me pidió un par de minutos para estar contigo. Lo encontré tan romántico... —se quedó dubitativa antes de volver a hablar—. Hice la vista gorda y lo dejé estar. Luego fui a una de las habitaciones para atender a un enfermo y cuando regresé, ya se había ido.

Mientras Irene hablaba, me dio la identidad de mi visitante sin ella saberlo, al decirme que había deducido que tenía que ser la misma persona que me había enviado el ramo de flores. Había venido de visita a altas horas de la madrugada y llevaba puesta una gorra. Era él, estaba segura de que la persona que había ido a visitarme y la que enviaba los ramos con aquellos mensajes, eran la misma. Había estado aquí. Cogí el teléfono apresuradamente y llamé a James frente a una Irene que me miraba extrañada sin saber muy bien qué estaba pasando.

—¿Sí? —contestó apenas con un hilo de voz.

—James, ha estado aquí.

—¿Amanda? ¿Estás bien? —dijo medio adormilado—. ¿Va todo bien?

—Sí... creo —dije dudando de mis palabras.

—¿Quién ha estado allí?

—Creo no equivocarme, James. La enfermera me ha dicho que anoche tuve una visita de madrugada —hice una breve pausa y continué— y creo que esa persona es la que me ha estado enviando los ramos y los dichosos mensajes.

—Tranquila —dijo con el tono de voz más despejado—, voy para allá. —Y colgó el teléfono.

Irene seguía frente a mí sin saber muy bien qué decir.

—Gracias, Irene —dije.

—No sé muy bien por qué, pero... —dijo mientras salía de la habitación— de nada. Si necesitas cualquier cosa, ya sabes.

—Irene, ¿has vuelto a ver al hombre que estuvo aquí anoche?

—¿A cuál de ellos?

—Al de la gorra, al raro.

—¡Ah! No, por lo menos en mi turno. Ya te aviso si lo vuelvo a ver por aquí.

—Gracias —me sonrió y salió dejando la puerta medio entornada.

¿Quién demonios podría ser? Si había ido al hospital, sabía lo que me había pasado. Pero ¿cómo lo había averiguado? Las únicas personas que lo sabían eran Rachel, James, Terry, Ana y, por supuesto, el cerdo de Antonio. Cogí el móvil y revisé uno a uno los mensajes, intentando encontrarles algún sentido:

Buenos días, princesa, son las 9h 32´45”. Love, Ted.

Buenas tardes, princesa, son las 6h 12´22”. Love, Giovanni.

Buenas tardes, princesa, la longitud de tus piernas me abruma ¿106 o 206? Love, Jacob.

Pero por más que los releía, no les encontraba lógica alguna. Continué dándole vueltas hasta que el bip de mi teléfono me anunció que tenía un nuevo mensaje:

Hola, preciosa, cuatro son los nombres y uno, el cuarto que me falta. Love, Antonio.

Un escalofrío me recorrió la espina dorsal. Cuatro son los nombres... ¡Loco endemoniado! Cogí el teléfono y le envié un mensaje de vuelta.

"¡Jodido loco! ¡Déjame en paz! ¿Qué demonios quieres?"

Me quedé con el móvil sobre la palma de la mano a la espera de una respuesta, la que llegó un segundo después.

A ti.

El teléfono se me cayó de las manos. Todo esto había llegado demasiado lejos.

JAMES

—¿Te vas?

—Sí. Sigue durmiendo.

—¿Es Amanda?

—Sí.

—¿James?

—¿Qué? —le respondí exasperado mientras me ponía los pantalones.

—Siempre estará ella antes que yo, ¿verdad?

—Ahora no, Ana.

—Pero es verdad, nunca me querrás como la quieres a ella.

—No tengo tiempo para estas tonterías —le respondí molesto con tanta pregunta.

—¿Me vas a dar un beso? ¿O te vas a ir sin despedirte otra vez? —me dijo justo cuando iba a salir por la puerta.

—No —dije al tiempo que deshacía mis pasos hacia la cama y le daba un sutil beso en la frente.

—¿Te veré hoy?

—No lo sé. Te llamo luego —dije saliendo por la puerta.

Lo último que necesitaba en aquellos momentos era otra pataleta por parte de Ana. La había besado en muy pocas ocasiones y había intentado ver su cara en vez de la de Amanda, pero era imposible. Ella necesitaba una persona a su lado las veinticuatro horas del día y yo no le podía dar más de dos, y esas dos, las pasaba pensando en Amanda. Necesitaba ayuda y yo se la había ofrecido. Punto. Ana buscaba algo más, que yo no sabía si sería capaz de darle. Tenía problemas, graves problemas de salud y yo no era la persona indicada para ponerme esa carga sobre los hombros. En un principio le ofrecí mi casa como ayuda y también como reprimenda para Amanda, pero jamás pensé en el daño que les podía hacer a ella y a Luna. Debía centrarme en el trabajo, tenía que llegar al hospital lo antes posible y acudir a un aviso que había recibido de la comisaría. Habían encontrado un cuerpo muy cerca de casa de Amanda.

Me apresuré a coger el coche, no eran más de las cinco de la mañana y el frío viento me entrecortaba la respiración. Arranqué el motor, puse la calefacción al máximo y conduje hacia la dirección que me habían facilitado mis compañeros, en menos de quince minutos me encontraba en el lugar de los hechos. La calle estaba acordonada por ambos lados impidiendo el tráfico. Era una zona céntrica y ya se podían apreciar los transeúntes que comenzaban su jornada laboral aquel lunes, al otro lado del acordonamiento, mirando atónitos el cadáver que yacía en medio de la calle sin dar crédito a lo que estaban viendo. El cuerpo estaba desnudo sobre el asfalto, atado de pies y manos, con la cabeza totalmente calcinada, los ojos fuera de las órbitas y una expresión de pánico que me dejó petrificado. Tenía la cabeza ladeada y la boca totalmente abierta con una bola de billar de color rojo en su interior. Saqué la libreta del bolsillo y fui comprobando las descripciones que me había facilitado Amanda. La víctima tenía ambos lóbulos y no mediría más de 1,70, el color de piel era bastante bronceado y carecía de tatuaje alguno en la espalda, aunque sí, tenía uno a modo de brazalete que le rodeaba todo el bíceps del brazo izquierdo. No había manchas de quemado alrededor del cuerpo ni restos de gasolina o de algún otro líquido inflamable, lo que sí era obvio, era que le habían rociado a conciencia y arrojado desde algún coche en marcha. No le quedaba ni un centímetro de piel en toda la cabeza, de la que aún emanaba humo con un olor pestilente a carne quemada que instantáneamente me produjo una arcada y tuve que cubrirme la boca para no vomitar. El rostro de aquel hombre era prácticamente irreconocible.

Dejé al equipo forense concentrado en sus quehaceres y me dirigí al hospital rumbo a Reading. Tenía cerca de una hora de camino y me puse a repasar mentalmente cada una de las pruebas de las que disponía. Amanda había recibido tres mensajes, cada uno de ellos tras la marcha de uno de sus amantes. Los ramos de rosas con las tarjetas seguían el mismo patrón, pero estos los recibía pasadas unas cuantas horas. La persona que los enviaba debía de conocer bien a Amanda. Todo pintaba a que era algún tipo de venganza u obsesión por ella, y estaba seguro de que quien había avisado por teléfono para que fuéramos al hotel era la misma persona. Las posibilidades se acotaban. Había sido el mismo Antonio o era otra persona que la estaba acechando y la siguió hasta el hotel. La persona en cuestión no era ningún desconocido, estaba seguro de eso. También había estado en el hospital, por lo que deduje que, si no era Antonio, sería una persona dentro de su círculo de conocidos o relativo directo de uno de ellos. Otra cosa que había pasado por alto eran los mensajes que había estado recibiendo antes de que todo esto comenzara. Aquel día no les presté atención, estaba tan cabreado que no vi ningún tipo de peligro oculto en ellos, es más, los vi como un tipo de reprimenda para Amanda por su estilo de vida. Si aquel día les hubiera prestado atención, quizás nada de esto estaría sucediendo. Tendría que haber dejado a un lado mis sentimientos y haber hecho mi trabajo. El sentimiento de culpabilidad me abrumó, cambié de emisora y comencé a trazar un plan de interrogatorios, tanto en Wiltshire como en Reading. Los desaparecidos no habían vuelto a casa, y todo apuntaba a que la persona que los había retenido, lo había hecho apenas habían dejado a Amanda. Los vecinos tenían que haber visto a alguien merodeando por los alrededores. Cogí el teléfono y di orden de que interrogaran casa por casa en ambos vecindarios, alguien tendría que haber visto algo. Mientras aparcaba el coche frente al hospital, llegué a otra conclusión, que la persona que estaba haciendo desaparecer a todos los amantes de Amanda no quería hacerle daño a ella, y mis pensamientos se consolidaban con la llamada que había recibido aquella mañana. Había estado allí y había podido acabar con ella mientras dormía, pero no lo hizo. Eso me tranquilizaba y me dejaba claro que su objetivo no era Amanda.

Recorrí los concurridos pasillos hasta llegar a la segunda planta, llegué al mostrador de información y miré al interior de la habitación donde encontré a Amanda acompañada de Rachel enzarzadas en plena conversación. Me mantuve observándolas un buen rato antes de decidirme a entrar.

—Buenos días —dije mientras tocaba un par de veces con los nudillos en el cristal de la puerta.

—Hola, James —contestó Rachel.

—Buenos días —dijo Amanda al tiempo que le hacía un guiño a Rachel con los ojos.

—¿Interrumpo algo?

—No... No —dijo Rachel mientras cogía su bolso—, yo ya me marchaba. Bueno, Amanda, te veo mañana, y no acepto un *NO* por respuesta.

—Vale... pero...

—Ni pero ni nada. Estarás como en tu casa.

—Vale, pero antes tenemos que pasar a recoger mi ordenador, tengo trabajo que hacer.

—Iremos a por tu ordenador y a por lo que haga falta. ¿Algo más?

—¡A sus órdenes, mi capitán! —dijo Amanda con una mano en la frente a modo de saludo militar.

—Hasta mañana.

—Adiós.

—Adiós, James, yo me marcho, la dejo en tus manos —y me dio un beso de despedida en la mejilla.

—Se queda en buenas manos, que no te quepa la menor duda.

—No la tengo —y me guiñó un ojo mientras salía de la habitación.

Amanda tenía muy buena cara, estaba incorporada en la cama con la bandeja del almuerzo sobre sus piernas a medio cubrir por las sábanas. Estaba guapísima, como siempre, aunque el halo de miedo que infligía su mirada me transmitió su temor.

—¿Cómo te encuentras? —dije acercándome a la cama.

—Bien.

—¿Estás segura? —dudó unos segundos antes de contestarme.

—No, no lo estoy —y me entregó el móvil—. He recibido otro mensaje.

—¿Con ramo de rosas incluido? —dije percatándome de las rosas que había en el suelo frente a la cama.

—No, las rosas son de Terry. Esta vez no ha habido ramo.

—Hola, preciosa, cuatro son los nombres y uno, el cuarto que falta. Love, Antonio. —dije leyendo el mensaje en voz alta.

—Ted, Giovanni, Jacob y Antonio —dijo mirándome con lágrimas en los ojos—. Están muertos, ¿verdad?

—No adelantemos los acontecimientos, Amanda.

—Tengo miedo, James. —Me senté a su lado y la estreché entre mis brazos.

—Tranquila, no dejaré que te pase nada.

—Me quiere a mí —cogió el móvil de mi mano, pulsó una tecla un par de veces y me lo volvió a ofrecer—. No pude contener la rabia y le escribí un mensaje de vuelta. Esta fue su respuesta.

—Un dato muy interesante —dije rascándome la barbilla—. Intentaremos localizarle a través del móvil. Rastrearemos la llamada.

—¿Qué llamada, James?

—La que vas a hacerle.

—No quiero hablar con ese loco, James, tengo miedo.

—Tranquila —llamé a la oficina, les dije que activaran el rastreador de llamadas y les di el número para que pudieran pincharlo—. ¿Lista, Amanda? —dije mirándole fijamente a los ojos—. Lo pillaremos.

Le ofrecí el móvil al mismo tiempo que ponía en aviso al agente que tenía al otro lado de mi celular. Asentí con la cabeza y Amanda apretó el botón de llamada. Tenía las manos temblorosas y los ojos a punto de estallar en llanto. Pasados unos segundos, la expresión de su cara me hizo saber que lo tenía al otro lado del altavoz. ¡Lo teníamos!

—¿Quién eres? ¿Qué quieres de mí? —y activé la función manos libres.

—Siempre he estado a tú lado y más cerca de lo que tú te crees. Me pones tan cachondo con esa bata de hospital... empiezo a babear tan sólo con la idea de ver la abertura que tienes en la espalda...

—¿Dónde están? ¿Qué has hecho con ellos?

—Era irremediable, Amanda, tenía que hacer algo para que fueras mía. Pero mi obra aún está inconclusa y cuando la termine, te tendré a mis pies.

—¿Qué obra?

—Mejor dicho... la tuya. Y no creáis que me chupo el dedo y no sé que estáis interviniendo la llamada. James no era mi objetivo, pero lo será si sigue interfiriendo en mi camino.

Amanda se cubrió la boca con la mano y miró en todas direcciones con el pánico reflejado en el rostro.

—¡Está en el hospital, James! —me confirmaba uno de los agentes al otro lado del auricular.

—¡Quiero refuerzos, ya! ¡Mandadme a la patrulla más cercana! ¡Quiero la localización exacta del móvil!

—¡James!

—Hijo de puta, está en esta planta.

El agente me había confirmado que estaba llamando desde la misma planta en la que estábamos, dentro del hospital. Desenfundé la pistola y salí a toda prisa al pasillo, pero sólo pude ver a un par de enfermeras que salieron corriendo al verme con la pistola en la mano. Recorrí el pasillo con cautela, abriendo cada una de las puertas de las habitaciones. Se había esfumado. Me dirigí a la salida de emergencia y la abrí de un puntapié. Miré por el hueco de la escalera y en uno de los peldaños vi un móvil tirado en el suelo. Bajé las escaleras apuntando en todas direcciones hasta llegar al rellano dónde se encontraba, me agaché sin bajar la guardia y lo recogí. En la pantalla había un mensaje:

Llegas tarde.

La patrulla que se había desplazado al hospital no dio con él y, sin ningún tipo de descripción, era prácticamente imposible localizarlo. En aquel momento, toda persona parecía sospechosa, y ahora que el único modo de rastreo para poder localizarlo lo tenía entre mis manos, su captura se hacía más difícil. Lo envié para que analizaran las huellas, pero las únicas que encontraron fueron las mías y las de Antonio. Intentamos rastrear los otros tres móviles, pero estaban apagados o fuera de cobertura. Repasé los mensajes obscenos que había estado recibiendo Amanda, pero estos provenían de un número oculto. Mandé rastrear este último y... *bingo*; teníamos una localización y un nombre: Max Laurence y, según el GPS, no se encontraba muy lejos del hospital. Habíamos dado con él.

Dejé a un agente vigilando la habitación de Amanda y me dirigí al barrio de Stepland. El GPS nos dio las coordenadas exactas en las que se encontraba un bar, el *Memphis*. Aparqué el coche justo frente a la puerta y esperé a que me enviaran una foto del sospechoso. El lugar estaba repleto de gente. Había un portero en la entrada con una lista en la mano junto a una alfombra roja que cubría toda la acera, con una cola de gente que llegaba hasta el final de la calle. Todos vestían de esmoquin y trajes de gala. Había un cartel anunciando el acto, pero la letra era tan pequeña que no pude leerla. "Vamos, una foto, necesito una foto para saber quién eres. Sé que estás ahí dentro, cabrón. Voy a por ti". Iba parando visualmente unos segundos en cada una de las personas que hacían cola, cuando me encontré con una cara conocida, la de Rachel, que estaba a mitad de la alfombra con cara de pocos amigos mirando el reloj reiteradamente como si estuviera esperando a alguien. Abrí la puerta del coche y me dirigí hacia ella. Estaba tan abstraída mirando su reloj que no se percató de mi presencia hasta que me tuvo justo delante.

—Hola, Rachel —levantó la cabeza y detonó una expresión de sorpresa al verme.

—¡James! ¿Qué haces tú aquí?

—Trabajo, creemos tener un sospechoso y creemos que está aquí. ¿Y tú a quién esperas? Parece ser que te han dado plantón.

—Al cabrón de mi marido. Tendría que estar aquí hace más de media hora —y torció la boca con un gesto de desaprobación—, pero como siempre, se ha esfumado.

—Lo siento —dije poniéndole la mano sobre el hombro—. Por cierto, estás muy guapa.

—Gracias —me dijo con una sonrisa.

—Deberías ponerte ese vestido más a menudo.

—¿Y tenérmelos que quitar de encima cada dos por tres? No, gracias.

El móvil vibró en mi bolsillo. El sospechoso ya tenía cara. Hombre albino de unos veinticinco años y 1,80 de estatura. Sería fácil de localizar.

—Si no te importa, me gustaría entrar de incógnito, y ya que no tienes acompañante...

—Será todo un placer. —Le ofrecí mi brazo para que se agarrara a él—. ¿Estáis seguros de que está ahí dentro?

—Sí, el GPS de la jefatura no falla.

—¡Cabrón!

—Confiemos en que no se percate de mi presencia y desaparezca de nuevo.

La fila avanzaba lentamente frente a nosotros, y tan sólo nos quedaban cinco personas, cuando el móvil sonó de nuevo en mi bolsillo. Lo saqué y comprobé que la llamada era de Ana. Lo dejé sonar hasta que se cansó de insistir, pero volvió a sonar una y otra vez. Descolgué y le contesté de muy mala gana.

—Ahora no puedo hablar, Ana, estoy ocupado.

—Me marcho, James.

—¿Qué?

—Me voy, creí que debía decírtelo.

—¿Que te vas?, ¿dónde? —aquello no me lo esperaba—. No digas tonterías.

—Adiós, James —dijo fríamente antes de colgar el teléfono.

—¡Ana! —Pero ya no había nadie al otro lado del auricular.

—¿Va todo bien? —me preguntó Rachel.

—Sí, todo bien.

—¿Te puedo hacer una pregunta, James? —dijo mirándome muy seria con sus penetrantes ojos verdes.

—Por supuesto —dije guardando de nuevo el móvil en el bolsillo.

—¿Qué haces viviendo con Ana? ¿No es todo muy precipitado?

—Necesitaba ayuda.

—¿Ayuda? —me preguntó extrañada.

—Es una larga historia —sentí remordimientos y cogí de nuevo el teléfono para llamarla.

—¿La quieres?

—¿Perdona? —aquella pregunta me dejó completamente fuera de juego.

—Te he preguntado que si la quieres.

La ronca voz del portero pidiéndonos la invitación me salvó de contestar la pregunta. Su gesto de desagrado ante mi vestimenta me hizo percatar de que no iba vestido para la ocasión. Miró a Rachel con ojos de depredador, y haciéndole un guiño, cogió su móvil y envió un mensaje. A los pocos segundos, tenía a otro gorila de metro noventa a su lado con una americana negra. Me la ofreció y nos abrió la puerta. El ambiente en el interior era cálido y la carencia de mobiliario le daba una tremenda sensación de amplitud. Habían reconvertido el bar en una sala de exposiciones de carteles cinematográficos de los 80 y 90. La luz era tenue, de un color azulado y decenas de halos de luz emanaban del suelo proyectando en los altos techos blancos pequeños círculos de un azul más intenso, que bailaban al ritmo de Jazz de John Coltrane.

—James, si me perdonas —dijo torciendo el gesto—, acabo de ver al cabrón de mi marido.

—No te preocupes, yo tengo trabajo que hacer.

Vi a Rachel desaparecer con su elegante traje dorado contoneando sus caderas entre un grupo de gente que estaba en el foco central del bar, y vi cómo Tomy soltaba a una elegante y joven mujer, a la que estaba tomando por la cintura. Sentí una extraña necesidad de ir y partirle la cara, pero me contuve. Mientras Rachel avanzaba a paso firme en su dirección, él continuaba sonriendo, Hasta que la tuvo frente a sí y la agarró de forma brusca por el cuello mientras con la otra mano le retiraba el cabello y se acercaba a su oído. "Un segundo más, James, aguanta un segundo más". Si no cambiaba su actitud, iría allí y le pondría las esposas después de partirle la cara. Pero un segundo más tarde, Rachel le besaba apasionadamente mientras la chica a la que Tomy tomaba por la cintura minutos antes los miraba con odio en los ojos y se retiraba como león que pierde a su presa.

Una vez que estuvo todo tranquilo por la zona norte, comencé mi escaneo visual. Miré en todas direcciones, recorrí el bar una y otra vez, pero no había ni rastro de nuestro albino sospechoso. Me encaminé hacia el servicio de caballeros para echar un vistazo, allí tampoco había rastros de él. Regresé a la sala con la intención de despedirme de Rachel, pero no pude verla, tampoco a Tomy; y pensé que, seguramente, se habrían marchado mientras inspeccionaba la sala. Llamé de nuevo a la oficina para verificar la localización del móvil y me confirmaron que la señal había desaparecido. Lo había perdido de nuevo. Dejé la sala echando un último vistazo al interior antes de llegar a la puerta de entrada. El ambiente estaba bastante animado, pero yo no estaba allí para divertirme, tenía que volver al hospital a ver cómo se encontraba Amanda, y antes de marcharme, le haría una pregunta a mi amigo el portero. Me acerqué a él enseñándole mi placa y le pregunté si tenía a Max Laurence en la lista de invitados. Me miró con desgana y comprobó la lista de una rápida ojeada, tras lo que negó con la cabeza. Le devolví la americana que me habían prestado, y dándole las gracias, crucé la calle y entré en el coche. Aquello era bastante raro, el GPS del móvil nos indicaba que el sospechoso estaba allí, pero no había ni rastro de él, es más, no podía haber entrado, dado que no se encontraba en la lista. Aquel hombre era demasiado astuto o nunca había estado allí, y comencé a barajar la idea de que se tratara de un fallo informático. No sería la primera vez.

Cuando regresé al hospital, Amanda estaba durmiendo

apaciblemente bajo los efectos de los sedantes. Me senté a su lado y la contemplé un buen rato. Aún en aquellas circunstancias seguía estando igual de guapa que siempre, y me vinieron a la memoria todo tipo de recuerdos. Recordaba nuestro primer beso y la expresión de su cara con sus rubios mechones cubriéndole los ojos. El sabor de sus tiernos labios, el tacto de su piel... Me incorporé del sillón y me recliné lentamente sobre ella. Le retiré uno de los mechones de pelo que tenía sobre la mejilla y la besé. Amanda abrió los ojos sobresaltada.

—Pero... —volví a besarla.

—Eres el amor de mi vida, Amanda —dije mirándola fijamente a los ojos.

—James...

—Shhhh —dije poniéndole un dedo sobre los labios—, no digas nada. Sólo bésame.

Seguí besándola hasta que no me quedaron fuerzas y los cables del gotero nos entrelazaron de tal modo que nos impedían todo movimiento. No dijimos nada, simplemente nos miramos y pude apreciar una lágrima deslizándose por su mejilla. La sequé con un beso, me tumbé a su lado abrazándola con fuerza contra mi pecho y, desde lo más profundo de mí, brotaron las palabras que nunca me creí capaz de decirle.

—Te... te... te quiero.

ANA

—Luna, despierta. Nos vamos.

—Mmmmm.

—¡Vamos!

—Mami, tengo sueño.

—No quiero enfadarme contigo. ¡Vamos!

—¿Adónde vamos, mami? Aún es de noche. ¡No quiero!

—¡Luna!

—¡Ahhhhhhhhhh! Yo me quedo aquí con James. ¡Vete tú!

—¡Maldita niña!

—¡Otra vez no, mami! ¡Yo me quiero quedar aquí!

—Tú irás dónde yo te diga.

—¡No! ¡Mami! Suéltame, me haces daño. ¡Mami!

—Ahora te vas a enterar.

—¡Ahhhhh! Mami, mami, mami, ¡mi pelo!

—¿Recuerdas lo que pasó la última vez que no quisiste venir conmigo? ¡Niña mala!

—¡No mami! ¡Eso no!

—¡Pues vístete de una jodida vez! ¡Jodida mocosa! ¡Ya!

—Voy, mami, pero eso no. ¿Vale, mami? Pupa.

—Mucho mejor. Mi niña... yo te quiero, ¿lo sabes verdad?

—Sí, mami.

—Estaremos siempre juntas, no nos volverán a separas jamás. ¿Entiendes?

—Sí, mami.

—Para siempre, tú y yo. Hicimos un pacto, ¿recuerdas?

—Sí, mami.

—Mamá nunca te ha pegado, ¿verdad?

—No, mami.

—¿Qué dirás si alguien te pregunta qué te ha pasado?

—Que me caí.

—Muy bien. Si dijeras que mamá te ha pegado, ¿qué pasaría?

—Que me quedaría sola.

—Y te cogerán personas malas y harán contigo cosas muy muy malas como las que te hacía papá. Tú no quieres eso, ¿a que no?

—No, mami.

—Mi niña. Todo irá bien esta vez. Encontraremos una buena casa y seremos felices.

—Sí, mami.

—Ahora, vístete. No quiero tener que enfadarme otra vez. ¿Me oyes?

—Sí, mami.

Se acordará de mí. Esta me la vais a pagar los dos. ¡Zorra!

Siempre tú, siempre fuiste tú. Pero esta me la vais a pagar. Llevo tanto tiempo pensando en este día... que todo saldrá bien. James será mío. De una forma u otra, pero será mío. Tú lo has querido así, pues así será. Si nuestro destino es amarnos una vez muertos, pues así será. Vamos a cantar, Luna. *Todo terminará pronto, pronto, pronto. Y seremos felices, felices, felices. Y estaremos juntos, juntos, juntos. Para siempre, siempre, siempre jaaaaaamássssssss.*

—¡Mami! ¡Espera, mi osito! Jaaaaaamássssssss. Pues así será, James, nos veremos en la eternidad.

Cuando desperté y miré a mi lado, encontré a James durmiendo profundamente. Todo aquello era una locura. ¿Habría sido un sueño? Me quedé observándole un buen rato. Los globos oculares iban de un lado a otro. Su respiración era profunda y emitía un suave sonido gutural cada vez que exhalaba. Estaba tumbado sobre un costado y me rodeaba con uno de sus brazos. Esa cálida sensación de tener su cuerpo pegado al mío hizo que sintiera mariposas en el estómago, y esas mariposas se multiplicaron por mil cuando recordé sus palabras, *te quiero*. Cerré los ojos y noté como una lágrima se escapaba y discurría lentamente por mi mejilla. Inspiré profundamente y esbocé una sonrisa que me llegó de oreja a oreja. Hacía siglos que no me sentía tan bien. De pronto, noté un cálido beso en los labios.

—Buenos días.

—Buenos días —y noté cómo me sonrojaba.

—¿Cómo estás? —dijo con una voz muy suave.

—Nunca me he sentido mejor. —Y esbozó una sonrisa.

—Yo tampoco. —Y me besó de nuevo.

—¿Crees que funcionará?

—¿A qué te refieres? —preguntó besándome de nuevo sin

apartar la mirada de mis ojos.

—A esto... a lo nuestro —dije no muy segura de mis palabras.

—Peor sería no intentarlo, —y arqueó una ceja—. ¿No?

—Pero... ¿y Ana? —le pregunté.

—Necesitaba mi ayuda y se la di —me contestó negando con la cabeza.

—Pero... está viviendo en tu casa.

—No hay nada entre nosotros, Amanda, si es eso lo que quieres saber. Tiene muchos problemas y yo le ofrecí mi ayuda. Nada más. Ha tenido una vida muy difícil y vino a mí porque no tenía a nadie más.

—¿Tan mal está?

—Bastante —dijo con tristeza.

—¿Y qué vas a hacer?

—Anoche me llamó y me dijo que... que... que se iba de casa. ¿A dónde? No lo sé. Intentaré llamarla a lo largo del día. Estoy seguro de que fue un a... a...arrebato de celos.

—Siempre ha estado enamorada de ti.

—Y yo de ti, Amanda —dijo apartando uno de los mechones que me cubría la cara.

—Siempre te tuve ahí y no me había dado cuenta —me acerqué lentamente y le besé—. Perdóname.

—No tengo nada que perdonarte, lo pasado, pasado está. —Me acarició la mejilla—. Quiero vivir el presente, este presente, contigo —y esbozó un tímida sonrisa—, si quieres.

—Sí, quiero —y noté cómo volvía a sonrojarme. Me abrazó con fuerza y me besó de nuevo.

—Ejem, ejem —alguien había entrado en la habitación—. Siento interrumpir, pero el médico pasará visita en cinco minutos y tengo que quitarte las vías, guapa —era una de las enfermeras del turno de la mañana.

—Yo ya me iba —dijo levantándose de la cama de un salto medio avergonzado—, te... te... te llamo luego, ¿va... vale? —Cogió la chaqueta y se dirigió a la puerta.

—Vale —dije dedicándole una de mis mejores sonrisas.

—Vale.

Y salió de la habitación, un tanto sonrojado, con una tímida sonrisa de niño en la cara.

Me quedé flotando en una nube. La enfermera se puso azarosa a quitarme las vías que tenía en ambos brazos, mientras yo recordaba abstraída los besos de James. La dulzura de sus labios, el cálido tono de su voz, la fuerza de sus brazos al estrecharme, su tímida sonrisa aniñada... Todo el conjunto me hizo suspirar como una colegiala enamorada por primera vez. Algo que en su día había pasado por alto, ahora me hacía suspirar, y la idea de compartir mi día a día con James comenzó a no parecer una locura, sino todo lo contrario. Tenía unas ganas locas de volver a verlo, de abrazarlo, de besar sus tiernos labios. Me ruborizaba con tan sólo pensarlo. James y yo... si nos viera mi madre... A ella siempre le había gustado James, es más, me decía que algún día acabaríamos juntos. Por aquel entonces me reía de sus palabras. Ahora veo lo que ella veía. ¡Qué ciega había estado todo este tiempo! Lo había tenido para mí cada viernes, y lo había pasado por alto pensando en mis incontables amantes. Siempre había estado ahí, en el momento de mi vida que pensara, James siempre había formado parte de él. Pero todo eso había pasado a la historia. Todo cambiaría a partir de ese momento, o por lo menos, estaba dispuesta a que cambiara.

Rachel vino a recogerme a eso de las doce del mediodía. Tenía un humor de perros, y despotricó del capullo de su marido todo el camino hasta llegar a Facton, donde tenía una casa de ensueño a las afueras del pueblo. Tomy la había heredado de uno de sus abuelos por parte de padre. Provenía de una buena familia que tenía propiedades por casi toda Inglaterra. De no haber sido por lo prepotente que era, habría sido un buen partido. Siempre estaba fanfarroneando de sus casas aquí y allá, y acusaba a Rachel de que, si seguían viviendo en aquel cutre apartamento, era porque ella quería. Rachel se negaba en rotundo a que Tomy pagara una casa, a sus ojos, eso le haría tener más control sobre ella; y conociéndole, le habría pedido a cambio todo tipo de favores, a lo que ella, como buena defensora de la mujer independiente, se habría negado. Decía que prefería estar muerta que bajo el techo de una de sus propiedades. Esta, a la que nos dirigíamos, era a la que Tomy menos aprecio le tenía, por eso Rachel estaba segura de que no aparecería por allí.

CONVENTO DE SANTA MARÍA

ANA

Espero que la hermana Clarín me reconozca. Siempre me tuvo mucho aprecio y, una vez sepa quién soy, no tendrá reparo alguno en quedarse con Luna. Le diré que acabo de llegar y que tengo una entrevista de trabajo muy importante, que no puedo llevarla conmigo. Aceptará, seguro que sí. Luego iré a la comisaría y esperaré en la cafetería de enfrente hasta que lo vea salir. Dejará la puerta del coche abierta, como siempre, y cuando regrese al interior, aprovecharé y me meteré en el maletero. Es perfecto, seguro que irá a verla, y entonces... ¡Zas! Pero antes, debo asegurarme de que he cogido la carta... Bien, tengo que asegurarme del bienestar de Luna.

—¿Dónde vamos, mami? ¿Cuándo llegamos, mami?

—¿Ves esas rejas ahí delante?

—Ajá.

—Pues es ahí. ¿Quieres tocar tú a la puerta?

—Vale. Pero no hay timbre.

—Pero hay una campanilla. Ven aquí, si te aúpo, verás cómo llegas.

—¡Sí, mami, sí! —dijo mientras accionaba la campana.

—Creo que ya es suficiente, Luna.

—Una vez más, mami, porfa...

—He dicho que es suficiente.

—Porfa...

—¿Quién es esta niña tan guapa? —dijo una hermana ataviada con un hábito al otro lado de la reja.

—Me llamo Luna. ¿Y tú?

—¡No seas descarada, Luna!

—No es ningún descaro, mujer —me dijo la hermana con una cálida sonrisa—, me llamo Clarín.

—¡Hola! Esta es mi mamá, y se llama Ana.

—Hola, Ana —dijo saludándome con la mano—, y... ¿qué os trae por la casa de Dios?

—Hola, hermana Clarín, soy Ana. ¿No se acuerda de mí? —Los años parecían haberla castigado.

—Si te tengo que ser honesta, hija mía, no veo muy bien. Pero pasar, pasar —dijo abriendo las rejas—, no quedaros en la puerta.

—Gracias, hermana.

—No hay de qué, hija mía. ¿Os apetece algo caliente? Está empezando a hacer frío.

—Se lo agradecería mucho, hermana.

—Pues eso está hecho. —Y nos hizo seguirla al interior del convento.

Lo recordaba tal cual estaba aquella calurosa tarde de verano, cuando estuve allí por primera vez. Traía a un recién nacido entre mis brazos y las costillas doloridas; una relación rota y el alma por los suelos.

Aquel bochornoso día de Agosto, dejé un trozo de mi ser en aquel convento, y aquel fue el día en el que comenzó esta ira incontrolada que bulle en mi interior buscando venganza.

—Pero contadme ¿Qué os ha traído por aquí? —dijo ofreciéndonos una taza de chocolate caliente.

—¿De verdad no se acuerda de mí, hermana Clarín? —le dije mientras le cogía la taza y nos sentábamos alrededor de una mesa en la cocina.

—Hija mía... he perdido mucha memoria. Los años no perdonan.

—Se parece a la abuelita, mami.

—Sí, Luna, se parece a la abuelita.

—¿Sois de aquí? —dijo sentando a Luna sobre su regazo.

—Sí —le contesté yo—, usted me prestó su ayuda hace ya un tiempo, y le estoy muy agradecida por ello.

—No tienes por qué darme las gracias, estamos aquí para ayudar, es nuestra misión y me alegro de haberte servido de ayuda. Quiero hacer memoria, hija mía, pero...

—No importa.

—¿Nos podemos quedar aquí?

—¡Luna!

—Mami, me gusta esta señora.

—¡Qué niña tan linda! —dijo acariciándole la cabeza con ternura en los ojos.

—Quería pedirle un favor, hermana.

—Tú dirás, hija mía.

—Acabamos de llegar a la ciudad y no tenemos dónde quedarnos. Si pudiera darnos cobijo unas cuantas noches hasta que encontremos una casa...

—Por supuesto que sí —dijo abrazando a Luna—. ¡Sabes que tenemos una habitación especial para los niños buenos como tú?

—¿Sí? —contestó Luna con una gran sonrisa en la cara.

—Sí, ¿quieres verla?

—¡Sí! —Y saltó al suelo cogiendo de la mano a la hermana Clarín—. ¡Vamos!

—La hermana Odette te acompañará mientras yo hablo con tu mamá, ¿Vale?

—Vale.

—¿Ves esa puerta de allí? —dijo señalando hacia el pasillo.

—Sí.

—Entra y pregunta por la hermana Odette. Ella te llevará a tu cuarto.

—¡Vale! —y salió corriendo.

—Gracias otra vez, hermana —le dije a punto de echarme a llorar.

—De nada, hija mía —dijo mientras me cogía la mano con dulzura—, os podéis quedar el tiempo que necesitéis. ¿Hay algo que quieras decirme ahora que no está la niña delante?

—No, hermana —dije negando con la cabeza.

—Pues ya está todo dicho, bébete el chocolate y, si quieres, puedes pasar y dejar las cosas en la habitación. Estaréis cansadas.

—Se lo agradecería mucho, hermana.

Se levantó con un gran esfuerzo de la silla y me hizo además de que la siguiera. Cogí las maletas y la seguí pasillo adentro. Cuando llegamos, Luna estaba dando saltos sobre la cama. La hermana Clarín esbozó una sonrisa y continuó caminando a paso lento por el pasillo.

—Luna, necesito que me escuches con atención —Y saqué la

carta de mi bolsillo.

—Sí, mami.

—Necesito que bajes de ahí y te sientes a mi lado.

—Voy, mami.

—Necesito que me escuches atentamente.

—Sí, mami.

—Mami tiene que ir a un sitio, no tardaré mucho en volver.

—Vale, mami, me portaré bien.

—Lo sé —la cogí y la senté en mis rodillas.

—Mami ha escrito una carta para ti y quiero que la guardes muy muy bien.

—Sí, mami. La guardaré en mi baúl del tesoro.

—Si alguna vez mami no está, quiero que se la des a la hermana Clarín para que la lea.

—Vale, mami, pero... ¿por qué no vas a estar? ¿Dónde te vas?

—A ningún sitio, mi niña —y la estreché fuerte entre mis brazos—, a ningún sitio. Juntas para siempre, ¿recuerdas?

—Juntas para siempre. —Y se abrazó a mí con más fuerza.

—Toma, Luna, guárdala, ¿quieres?

—Sí, mami.

—Tengo que hacer un par de recados, cuando venga, quiero verte en la cama como una niña buena.

—Sí, mami —dijo con su carita de ángel y los ojos empañados—. No tardes, mami.

—No, volveré enseguida. —Le di un beso en la frente y salí de la habitación.

—¡Mami! —Salió corriendo tras de mí y se agarró a mi pierna— Te quiero, mami.

—Yo también te quiero, cariño —me agaché y la abracé con fuerza—. Ahora quiero que vuelvas a la habitación y me esperes allí.

—¡Mira lo que te he traído! —dijo una hermana que cruzaba el pasillo con un plato de galletas—. Seguro que tienes hambre, ¿a que sí?

—Ajá —contestó con los ojos llorosos.

—Vamos, te voy a contar una historia.

—¿Sí?

—Sí, y después te llevaré a ver a otros niños. ¿Quieres?

—Vale —y desaparecieron las dos al final del pasillo mientras Luna se giraba agitando el brazo, despidiéndose de mí con media sonrisa en la cara.

No podía demorarme. Crucé el pasillo en busca de la hermana Clarín, pero no di con ella, y tras una rápida ojeada salí al recibidor dónde una hermana me abrió la verja. Miré al interior a través de los oxidados barrotes y, con una punzada de dolor en el estómago, comencé a caminar calle abajo con un solo propósito en mente, James.

DEPÓSITO DE CADÁVERES

—Tienes que ver esto, James.

Mi compañero descorrió la sábana que cubría al cadáver que estaba sobre la mesa de disección. Me quedé perplejo. Cuando habíamos encontrado el cuerpo de aquel hombre tirado en medio de la calle no pude apreciar lo que escondía. Le habían extraído la bola de billar de la boca y habían encontrado pétalos de rosas en el interior de la tráquea junto a una nota. Me puse los guantes de látex y la abrí cuidadosamente.

10 ES EL NÚMERO QUE FALTA

Y JAMES, QUIEN DEBE AVERIGUARLO

—No sé quién será, pero lo que tengo claro es que te quiere a ti —dijo mi compañero con expresión severa en el rostro— ¿Alguna idea?

—No, pero estoy seguro de que es la misma persona que le ha estado enviando los ramos de rosas a Amanda, de eso no me cabe la menor duda —dije introduciendo la tarjeta en una bolsa— ¿Lo han podido identificar?

—No, no tiene huellas dactilares.

—Creo que tengo a la persona que puede decirnos quién es —dije pensando en Amanda.

161

—Bien —me contestó mi compañero mientras volvía a cubrir el cadáver con la sábana blanca— ¡Ah!, por cierto, esa nueva novia tuya... —y frunció el ceño—, ¿cómo se llama?

—¿Qué novia? —y enseguida vino a mi mente la imagen de Amanda.

—La de la niña.

—¿Ana?

—¡Eso es, Ana! —dijo asintiendo con la cabeza—. Se pasó por la comisaría esta mañana, parecía un poco... —he hizo una mueca con los labios— ida.

—¿Te dijo algo?

—Preguntó por ti y se marchó.

—¿Nada más? —dije extrañado—. ¿No dejó ningún recado?

—No, se marchó por donde vino y punto. La verdad, no sé qué le has visto.

—No es mi novia —dije entrando en el coche patrulla.

—Ya, ya —dijo con una sonrisa maliciosa—, eso cuéntaselo a otro. Te la estás trajinando. —Y se sentó en el asiento del acompañante.

—No es cierto —dije muy serio, fulminándolo con la mirada—, pero aunque lo fuera, a ti no te lo iba a contar.

—Pues yo sí te cuento cuando me beneficio a alguna.

—La diferencia entre tú y yo es que yo no voy alardeando de mis relaciones. —Lo miré con desaprobación y arranqué el coche.

—Uh, uh, alguien está molesto.

—¿Podemos dejar el tema?

—¡A sus órdenes!

—Vamos a llevar estas pruebas al laboratorio a ver si pueden sacar alguna huella. —Y le tendí la bolsa con la nota que aún llevaba en la mano—. Te dejo allí y me marcho, aún tengo que coger mi coche y llegar a Reading.

—De acuerdo, alguien me acercará a la comisaría.

—Seguro que sí. —Y puse rumbo al laboratorio.

CAFETERÍA CLAINS
06:00 p.m.
ANA

Se está demorando, ya llevo dos horas esperándole. Repasemos el plan; una vez entre en la comisaría y deje el coche abierto como es habitual en él, me meto en la parte trasera hasta que haya salido a la autovía, una vez...

—Hola, ¿está ocupada?

—¿Perdone?

—¿Que si estás esperando a alguien o me puedo sentar?

—¿Eh...? (lo que necesito ahora es al pesado de turno).

—No pretendo molestarte, pero no quedan sillas libres.

—No, si no es molestia, es que me has pillado un poco en mis cosas (si tú supieras). Está libre.

—Gracias.

—De nada. (Ahí viene un coche... no, no es él).

—¿Te apetece otro café?

—¿Perdona?

164

—¿Que si te apetece otro café?

—No, gracias. (Se está retrasando demasiado).

—¿Eres de por aquí?

—No... Bueno, sí. (Y ahora, ¿de qué se ríe?, aunque... no me importa, tiene una dentadura perfecta). Nací aquí, pero he estado mucho tiempo fuera.

—Yo también he estado viviendo fuera ¿Estás aquí por... placer o... negocios?

—Un poco de ambos. (Vamos, James, ¿qué demonios estás haciendo?).

—Un café sólo, gracias. ¿Seguro que no te apetece tomar nada más?

—Seguro.

—¿Esperas a alguien? Si molesto...

—Ya te he dicho que te puedes sentar. (Ahí está, vamos... deja la puerta abierta... ¡no, no, no!... ¿Qué hace ese estúpido en la puerta? ¡Entra!).

—¿Te encuentras bien?

—Sí. (¡Mierda! Se ha ido... no me lo puedo creer... ¡Estúpido! ¡Debías entrar y dejar la puerta abierta! ¡Joder, joder, joder!).

—Me encanta cómo sirven los cafés en este sitio.

—Ajá. (Ahora tendré que pensar otro plan).

—Y, ¿dónde te hospedas?

—Pues de momento estoy jodida, fíjate. (Quieres conversación, pues te daré conversación). Mi novio se ha ido con otra, y mi hija y yo estamos en la puta calle. ¿Ya tienes la información que querías? (Me voy de aquí). Ahora, si me disculpas...

—El problema del novio no lo puedo solucionar, pero si no

tienes donde quedarte, yo soy tu hombre.

—¿Perdona? (Menudo descarado). Ahora no estoy para ningún tipo de proposición, y si me disculpas, debo recoger a mi hija.

—No me estoy insinuando, si es eso lo que has interpretado. Me estoy refiriendo a que yo tengo casas en propiedad, y seguro que podemos llegar a un acuerdo.

—Y... ¿Qué me puedes ofrecer? (No tengo nada que perder, ¿no?).

—Te estoy ofreciendo mi ayuda, yo vivo aquí, pero tengo una casa a las afueras de Wiltshire que necesita unos cuantos arreglos. Te propongo un techo a cambio de un poco de mano de obra. Los dos salimos ganando. ¿Qué me dice?

—Pues... (Seguro que mejor que el convento es). Que se lo agradezco mucho, pero casi no le conozco y...

—No soy ningún loco, simplemente te estoy ofreciendo mi ayuda. Nada más. Si yo estuviera es tu situación, me gustaría que alguien me ofreciera lo que yo te estoy ofreciendo. Hoy por ti y mañana por mí. ¿Qué me dices?

—Pues... sinceramente... (No puedo decir que no, esto me ha caído del cielo). Que se lo agradezco mucho, y que se lo pagaré.

—¡Bien! ¿Te apetece ahora otro café?

—¿Por qué no? (Me gusta este hombre, hay algo familiar en su mirada... que...).

—¡Perdona!, ¿podrías poner otro café? Discúlpame, soy un poco maleducado, me llamo Max.

—Encantada, Max. (Y ahora me besa la mano... ¡Wow!). Ana.

—Encantado, Ana.

—No puedo demorarme mucho, tengo que ir a recoger a mi hija.

—Sin problema, tengo el coche aquí cerca.

—No hace falta, gracias, no queda muy lejos de aquí.

—¿Tenéis donde dormir esta noche? Porque podéis ir a mi casa cuando queráis.

—Por esta noche sí, pero mañana...

—Mañana ya tenéis casa.

—No sé cómo agradecerte esto.

—No te preocupes, hoy por ti, mañana por mí. ¿Tienes un boli? Te dejo mi número de teléfono.

—Creo que tengo uno en el bolso. (¿Donde están las cosas cuando se necesitan?, ¡ah!). Aquí.

—Estoy libre a partir de las tres de la tarde, ¿de acuerdo?

—De acuerdo.

—Creo que está sonando tu móvil.

—¡Ah!, sí. Perdona. (Es James. Ahora no, ya me encargaré de ti otro día).

—¿Todo bien? Pareces preocupada.

—Sí... sí. Entonces mañana a las tres.

—Exacto.

FACTON

22:00 p.m.

Rachel había pasado prácticamente todo el día conmigo prestándome sus servicios de psicóloga, escuchando todo lo que llevaba acumulado. A su vez, ella se quitó un peso de encima confiándome un secreto que llevaba guardando unos cuantos meses: una vida paralela. Desde el día que empezó a desconfiar de Tomy por sus continuas escapadas, había comenzado a tener encuentros fortuitos con un escritor al que doblaba la edad. Contándome esto, su rostro rejuveneció diez años. Sus ojos irradiaban felicidad. Yo, por mi parte, quitando las dos horas que estuve al teléfono con Terry y su madre, la Sra. Wells, tan atenta y encantadora como siempre, lo único que quería era ver a James.

Alrededor de las nueve de la noche, le di luz verde a mi perro de presa para que se marchara a casa. James estaba de camino y no hizo falta que le explicara que quería estar a solas con él, es más, me ayudó con los preparativos poniendo la guinda final en la cocina. Lo teníamos todo preparado, el fuego encendido, el CD de Sade sonando de fondo, velas por todo el salón, un candelabro con velas aromáticas sobre la mesa, una botella de vino en el decantador, y una deliciosa pata de cordero en el horno. Ahora lo único que faltaba era James.

Me senté frente al fuego en aquel majestuoso sofá de piel curtida a degustar una copa de vino, y con cada sorbo, los rostros de Ted, Giovanni y Jacob aparecían como diapositivas en la piedra caliza del tiro de la chimenea. Recordaba la delicadeza de Ted en todo lo que tocaba; la mirada inocente y alicaída de Giovanni, que siempre le hacía parecer triste aunque no lo estuviera; la vital espontaneidad de Jacob, que inundaba mi salón cada miércoles... Continué bebiendo y repasando mentalmente si había pasado por alto algún detalle, pero por más que me exprimía los sesos, no lograba dar con ninguna pista que me llevara al paradero de ninguno de ellos. Todos habían desaparecido después de haber estado conmigo, lo que me hacía sospechar que la persona que los había hecho desaparecer sabía muy bien dónde vivía y conocía perfectamente mis movimientos, es más, estaba segura de que me vigilaba de algún modo. Cuando desapareció Ted, sabía que me encontraba en Reading y que estaba en el estudio, puesto que normalmente me solía encontrar con él en su piso, y no en el mío. Continué degustando aquel delicioso vino con aroma a barrica californiana y caí en la cuenta de que la persona que los estaba haciendo desaparecer seguía un patrón, y ese patrón eran mis amantes. Si estuviera en lo cierto, Antonio también tendría que haber desaparecido, aunque ese cerdo no me importaba en absoluto, y ojalá se hubiera cebado con él como Antonio lo había hecho conmigo. Era James quien me preocupaba. La mera idea de que le pudiera suceder algo hizo que un escalofrío me recorriera la columna vertebral, me levanté de un salto y fije la vista en un viejo reloj que colgaba de la pared del salón, ya eran casi las once y aún no había aparecido. Cogí el móvil con el corazón latiéndome a mil por hora y marqué su número. Esperé al otro lado del auricular mientras el tono de llamada sonaba una y otra vez sin respuesta alguna. Todo comenzó a darme vueltas. Las paredes de la habitación parecían encoger por segundos y el pánico se hizo presa de mí. Recordaba haber hablado con él y haberle dado bien las indicaciones para llegar hasta aquí. Dejé la copa sobre la mesa y salí al porche. Soplaba un viento horroroso, estaba comenzando a llover y una espesa niebla no me dejaba ver a más de dos pasos. Me acurruqué en las escaleras del porche y esperé lo que me pareció una eternidad, hasta que vislumbré unas luces acercándose por el camino empedrado. Poco a poco, los faros del coche se iban haciendo cada vez más nítidos hasta que el ruido del motor cesó justo frente a mí. Oí el ruido de la puerta al cerrar y unos pasos sobre la gravilla acercándose hasta que, por fin, pude reconocer la voz de James.

—¿Qué haces aquí fuera? ¿Va todo...?

No le dejé terminar, me abalancé sobre él y sellé sus labios con los míos. Pensar que lo había perdido y tenerlo entre mis brazos hizo que una abrumadora sensación me embaucara por completo. James dejó caer al suelo una bolsa que sostenía en las manos y me alzó en volandas. Cruzamos el umbral de la puerta mientras nos devorábamos mutuamente a besos. Me dejó sobre el sofá lentamente sin parar de besarme al tiempo que se deshacía de la chaqueta y la tiraba al suelo. Tenía los sentimientos a flor de piel y comencé a llorar mientras lo besaba apasionadamente.

—Pensaba que te había perdido, James —dije con la voz entrecortada y las lágrimas discurriendo por mis mejillas.

No me contestó, se limitó a sellar mis labios con un tierno beso. Cogí su cara entre mis manos y nos miramos unos segundos. No hacían falta palabras. Tenía un gran nudo en la garganta, no acertaba a decir todo lo que hubiera querido y nos limitamos a mirarnos hasta que, poco a poco, se fue reclinando sobre mí. El fuego de la chimenea iluminaba la estancia y el calor iba en aumento. James comenzó a besarme de nuevo. Poco a poco, fue descendiendo por el cuello mientras me besaba con extrema ternura e iba desabotonando cada uno de los botones de mi camisa. La apartó dejando al descubierto el sujetador de encaje negro y, por un momento, levantó la mirada.

—No te puedes imaginar cuanto había deseado este momento.

Pude ver el deseo reflejado en sus dilatadas pupilas. Una lágrima brotó de mis ojos tras sus palabras. Se incorporó, y con suma delicadeza, fue besando cada parte de mi rostro. Deslizó su mano sobre mis hombros. La camisa cayó sobre el sofá y se quedó sentado frente a mí. Suspiró profundamente, entornó los ojos y esbozó una sonrisa. Esta vez fui yo quien se inclinó sobre él para besarle. Le hice levantar los brazos y le despojé del jersey. Su torso era precioso. Su piel blanquecina resplandecía a la luz de las llamas. Quería besar cada parte de su delicado cuerpo. James me abrazó y se reclinó de nuevo sobre mí. Continuó besándome mientras desabrochaba el botón del pantalón. El roce de sus fríos dedos sobre mi vientre me provocó un escalofrío. Suspiré profundamente y cerré los ojos para dejarme llevar por aquella estremecedora sensación. Fue deslizando sus manos por mis piernas, poco a poco, rozándome los muslos, transportándome al séptimo cielo con sus caricias. Se quedó de rodillas y comenzó a desabotonarse los pantalones. El corazón me palpitaba con tal fuerza que creí desfallecer. No podía apartar la mirada de su cuerpo. Estaba descubriendo a un nuevo James, a mi James. Se quedó completamente desnudo. Volvió a reclinarse, y con el dedo índice bajó los tirantes del sujetador mientras besaba mis hombros. Mi cuerpo se erguía buscando su calor. La música seguía sonando y la melodía acompañaba cada uno de sus besos, cada uno de sus movimientos sobre mi cuerpo. Éramos un volcán a punto de entrar en erupción. Poco a poco nos íbamos fundiendo frente al avivado fuego. Todo eran besos y caricias. Delicadas caricias que recorrían cada uno de los rincones de mi cuerpo. Nuestros cuerpos latían al unísono y cabalgamos el uno junto al otro en la carrera hacia el orgasmo.

—Te quiero, Amanda.

—Y yo a ti —le contesté con un gemido en el vertiginoso ascenso hacia el clímax.

Nos quedamos tumbados en el sofá, completamente desnudos con la respiración acelerada. James me envolvió entre sus brazos y yo apoyé mi cabeza sobre su pecho. Nos quedamos callados, contemplando el avivado fuego. Los troncos de leña crujían y el viento golpeaba los ventanales del salón. La música había cesado y el único ritmo que inundaba la habitación era el palpitar de su corazón en mi mejilla. Sus dedos se enredaban en mi melena, acariciándome la cabeza suavemente.

—¿No te huele un poco raro? —sus palabras retumbaron en mis oídos rompiendo el compás de sus latidos.

—¿Cómo? —dije inmersa en mi abstracción.

—Que huele a carne quemada.

—¡Mierda! —y pegué un salto del sofá.

—¿Qué?

—¡La cena! —dije buscando algo que ponerme—, lo había olvidado. ¡El asado sigue en el horno! ¡Joder!

James comenzó a reírse, y yo bailaba alrededor de la habitación completamente desnuda intentando encontrar algo que ponerme. Lo único que encontré fueron mis pantalones y el sujetador. Me los fui poniendo mientras corría en dirección a la cocina. Había humo por todas partes. Apagué el horno, abrí la puerta y cogí un paño para sacar la vianda. La carne estaba totalmente calcinada. La dejé sobre la encimera y abrí una de las ventanas para que saliera el humo. James apareció por la puerta con una media sonrisa dibujada en los labios.

—Creo que pasaré del plato principal.

—Muy gracioso. —No sabía si reír o llorar.

James se acercó a mí con una expresión divertida en el rostro. Llevaba el pelo alborotado y al parecer, él tampoco había encontrado toda su ropa. Sólo llevaba puestos los pantalones.

—Siento lo de tu asado. —Y se inclinó para besarme.

—Yo lo siento por ti, te has quedado sin cenar —dije mientras le devolvía el beso.

—¿Hay vino? —Continuó besándome el cuello.

—Ajá —dije susurrando.

—Pues deja el cuerpo del delito y vayamos a degustar ese vino.

Me cogió en volandas hasta el salón justo frente a la chimenea y comenzamos a reír. Todo aquello me pareció divertido. Casi salimos ardiendo, pero no me importaba. No hacía falta un asesino en serie para quitarme de en medio, yo solita atentaba contra mi persona. James cogió el vino y sirvió un par de copas. Nos sentamos frente al fuego medio desnudos con un ataque de risa y pasamos el resto de la noche hasta lo que la memoria me alcanza bebiendo y besándonos. Riendo y acariciándonos. Bebiendo y haciendo el amor.

Un tierno beso me hizo despertar. Aún seguía tumbada en el suelo frente a la chimenea bajo una enorme manta aterciopelada. Los rayos del amanecer penetraban con fuerza a través de los ventanales.

—Buenos días —dijo James ofreciéndome una humeante taza de café.

—Buenos días —dije con los ojos medio entornados.

—Pensé que querrías un café.

—Acertaste. —Y esbocé una sonrisa.

—Qui... qui... quiero que sepas que lo que pasó anoche fue increíble. Fue la... la... la mejor noche de mi vida, Amanda.

—Ídem. —Se inclinó y volvió a besarme—. Si nos viera mi madre... —dije con un suspiro.

—Te diría que, al final, le hiciste caso.

—Sí, al final se ha salido con la suya.

—Una madre nunca se equivoca o... muy pocas veces; y esta, estaba en lo cierto.

—No tengo nada que alegar a sus palabras, inspector —y ladeé la cabeza con expresión bobalicona.

—Amanda... —Denoté un tono de preocupación en su voz.

—No te preocupes, James, si lo nuestro no funcionara...

—No, no es eso. —Su rostro se encrudeció.

—Pues entonces, ¿qué es? —Me incorporé y bebí un sorbo de café.

—Necesito que veas unas fotografías, ahora... o más tarde. Cuando tú quieras.

—¿Unas fotografías de qué?

—Más bien, ¿de quién? —Me quedé callada, sin saber qué decir—. Creo que hemos encontrado a Antonio.

—Está...

—Necesito que lo identifiques.

—Pero está... —no podía pronunciar las palabras.

—Encontramos el cuerpo de un hombre con la cabeza calcinada sin huellas dactilares, hace más o menos unos cinco días, justo un día después de que te ingresaran en el hospital —me había quedado sin palabras—. ¿Estás bien, Amanda?

—Sí... —me encontraba mareada—, es que aún guardaba esperanzas de... —dejé el café en el suelo y apoyé la espalda en el sofá.

—Podemos dejarlo para otro día —dijo sentándose a mi lado.

—No... no. Quiero terminar con esto lo antes posible —dije cerrando los ojos.

—Sólo son un par de fotografías, ¿de acuerdo? No verás nada desagradable.

—De acuerdo.

—¿Seguro que quieres seguir con esto ahora?

—Seguro.

Cogí la taza y di un par de sorbos al café mientras James buscaba las fotografías en el bolsillo interior de su chaqueta. Me fui mentalizando de lo que iba a ver en aquellas imágenes. Quizás no podría soportarlo, aunque siguiera sintiendo repulsión por lo que me había hecho en la habitación de aquel hotel. Me quedé con la mirada clavada en las brasas que aún seguían despidiendo calor, observando cómo las chispas se movían juguetonas entre los troncos. James se sentó a mi lado, abrió el sobre y de su interior sacó un par de fotografías.

—Míralas detenidamente y dime si puedes reconocer algo en ellas que nos confirme que es Antonio —y me pasó las fotografías—, tómate el tiempo que necesites.

Cogí la primera fotografía y respiré hondo, miré a James y a continuación, con las manos temblorosas y el miedo a ver algo indeseable, fijé la vista en la imagen que tenía delante. Era de un torso totalmente desnudo tumbado sobre una camilla metálica. Mi atención se fijó en un tatuaje que tenía en el brazo izquierdo. Era un brazalete hawaiano y tenía la simbología de las olas. Era exactamente igual al que tenía Antonio. Continué observando el brazo en busca de una cicatriz. En una de sus carreras, había perdido el control del coche y se había roto el húmero por dos partes, lo que no recordaba era en qué brazo, lo que sí recordaba era dónde, la parte posterior del brazo desde el codo hasta casi la altura de la axila.

—¿Estás bien, Amanda? —las palabras de James me hicieron regresar de mis pensamientos.

—Sí, sí, estoy bien —le contesté sin apartar la mirada de la fotografía.

—¿Has visto algo que...?

—El brazalete —dije sin dejarle terminar la frase—. Antonio tenía uno idéntico a este.

—¿Hay algo más que...?

—Sí —volví a interrumpirle—, tenía una cicatriz en el brazo, en la parte posterior, desde el codo hasta casi la axila, pero no puedo...

—Sé que esto es difícil para ti.

—Por mucho que lo odie... —los ojos se me llenaron de

lágrimas—, no me hago a la idea de que esta persona de la fotografía sea él. No sé cómo puedes ver esto cada día, James.

—No creas que es fácil, pero con el tiempo te acostumbras a todo.

—No creo que pudiera llegar a acostumbrarme a esto —dije devolviéndole la fotografía.

—Si quieres lo podemos dejar aquí, no hace falta que veas la otra —dijo mientras cogía la fotografía y la guardaba junto a la otra en el sobre que aún mantenía en la mano—, ya tengo la información que necesitaba. Yo mismo comprobaré si tiene o no esa cicatriz.

—Gracias, James —dije abrazándome a él.

—De nada —y me dio un dulce beso en la cabeza—, creo que sería conveniente que regresaras a Wiltshire. No quiero dejarte aquí sola a tantos kilómetros de distancia. Te quedarás en casa.

—¿En tu casa? —le pregunté apartándome de él repentinamente.

—Sí.

—Preferiría quedarme en la mía, James, tengo un encargo y ya que no puedo quedarme aquí en Reading, pensaba llevarme las cosas a casa. Este trabajo me mantendrá la mente ocupada y me ayudará a no volverme loca. —Su expresión era de desaprobación— Y, bueno... luego está... Ana.

—No creo que eso sea un problema. Es mi casa, ¿no?

—Sí.

—Te estoy ofreciendo mi ayuda igual que se la ofrecí a ella —dijo con tono severo.

—Y yo te lo agradezco, James —dije intentado ablandar el ambiente—, pero preferiría estar en mi casa, me sentiría más cómoda.

—¿Estás segura?

—Totalmente y, si quieres... —tomé una pausa mientras

admiraba su noble mirada —te puedes quedar a dormir conmigo...

—Claro que... que... que quiero —y me cogió la cara con ambas manos—, quiero tenerte tan cerca de mí como me sea posible.

—Y yo, que lo estés —y me acerqué lentamente a sus labios—, y de repetir lo de anoche.

—Amanda —dijo sellando mis labios con un tierno y húmedo beso.

Nos quedamos sentados en el suelo, abrazándonos y besándonos, hasta que el móvil de James comenzó a sonar insistentemente. Él se levantó y comenzó a andar por el salón de un lado para otro. Era su compañero, seguramente habrían encontrado alguna pista o... algún otro cadáver. Cogí la manta y me tapé los hombros. Comenzaba a tener frío. Las brasas se habían apagado por completo y el viento se colaba por el tiro de la chimenea congelando mis extremidades. Me acurruqué bajo la aterciopelada manta y cogí la taza de café, la sujeté con ambas manos y bebí el resto de café que aún mantenía el calor, mientras la cegadora luz del amanecer iluminaba el salón. Cerré los ojos durante unos segundos e intenté recuperar las imágenes de aquella maravillosa noche. Su cuerpo fundido en el mío, la tierna expresión de sus ojos, sus delicadas manos recorriendo cada parte de mi cuerpo...

—Amanda. —El brusco tono de James me devolvió a la realidad.

—¿Sí? —contesté sobresaltada.

—Debo regresar a la comisaría.

—De acuerdo —dije poniéndome en pie—, me visto en un minuto.

—Me encantaría quedarme aquí contigo todo el día frente a la chimenea —y me rodeó la cintura con los brazos— y hacerte el amor hasta el anochecer, pero el deber me llama.

—Y a mí. —El cálido aliento de su voz en mi cuello hizo que me estremeciera.

Me hubiera quedado allí, en aquella posición durante horas sintiendo su aliento sobre mi piel, pero el deber era el deber. Recogí mis cosas, mientras James llamaba de nuevo a la comisaría, y recogí como pude el estropicio de la cocina. También llamé a Rachel para avisarle que regresaba a Wilshire, pero no contestó e imaginé que estaría atareada en el trabajo. Le dejé un mensaje en el contestador, terminé de vestirme y pusimos rumbo de vuelta a casa, haciendo una breve parada en el estudio para recoger un par de cosas. Ese mismo día empezaría con las esculturas.

CONVENTO DE SANTA TERESA

03:00 p.m.

ANA

—Vamos, Luna, ¿aún estás así?

—Mami, es que la madre Clarín me ha hecho un regalo. ¡Mira!

—Muy bonito el oso, ahora date prisa, ¿quieres?

—Es que no me quiero ir, mami.

—¿Que no te quieres ir? Endemoniada niña, ¡ven aquí!

—Mami, mami, mami, ¡no!

—¿Es que no te va a que-dar cla-ro quién man-da a-quí?

—Pero ¿qué pasa aquí? ¡Ana! ¡Suelta a la niña!

—La niña se ha portado mal y necesita unos azotes.

—¡Ay, ay, ay, hermana!

—Te ruego que la sueltes, Ana, por favor.

—¿Y tú quién eres para decirme lo que le conviene a mi hija?, ¿eh?

—Hablo en nombre de Dios, hija mía.

—Si Dios existiera, no me estaría haciendo pasar por este infierno.

—¡Ay! Mami, mami, mami, suéltame. ¡Pupa!

—Ana, voy a tener que llamar a la policía si no sueltas a tu hija.

—¿Qué está pasando aquí, hermana? ¡Ana!

—¡Hermana Gladis, llama a la policía!

—¡Enseguida, hermana!

—¡Ay, ay, ay! ¡Mami!

—Por Dios, Ana, entra en razones.

—¡Jodida niña! ¿Sabéis qué? ¡Qué me voy! ¡Quédate con la Clarín, si tanto la quieres! ¡Vete, corre!

—Ven aquí, hija mía.

—¡Mami, no te vayas!

—¿No es eso lo que quieres?

—Mami, yo te quiero, ¡no te vayas!

—¡Suéltame!

—Ven aquí, hija mía, déjala marchar.

—¡Mami! ¡No te vayas!

—Shhhhhh. Tranquila, mi niña.

—¡Que os den! ¡A las dos!

—¡Mami!

—Shhhhhhh. No te preocupes, hija mía, aquí estarás bien.

—¡Mami!

—¡Abrir la jodida puerta! (Ahí está, por fin alguien cumple con su palabra).

—Haced lo que os pide, hermana.

—¡Mami!

Habían pasado dos semanas desde mi vuelta a casa. Las investigaciones habían llegado a un punto de estancamiento; quien quiera que fuera la persona, parecía haberse esfumado, no más mensajes, no más ramos de rosas. Nada. Incluso Max Laurence, el propietario del móvil desde el cual habían estado enviando los mensajes, había resultado un callejón sin salida. Habían contrastado la denuncia del robo del mismo y el nuevo contrato que tenía con otra compañía telefónica. También habían verificado que se encontraba en Hong Kong con su compañía y que, en las fechas de las desapariciones, no se encontraba en Wilshire. Era una de tantas pistas que habían derivado en otro paso en falso. Ana también había desaparecido como por arte de magia. No había dejado ni rastro. Tras recoger todas sus cosas de casa de James y se había marchado sin decir a dónde, ni una nota de despedida ni una llamada. Nada. Había días en los que olvidaba por completo todo lo sucedido ahora que James estaba a mi lado. Mis predicciones de perderlo siguiendo el patrón que me había trazado en la cabeza parecían haber sido erróneas. Los códigos que aquel loco había estado enviando tampoco parecían tener lógica alguna. Lo único que salió a la luz fue la verdadera identidad de Antonio. James, después de nuestra primera noche, regresó a la comisaría y comprobó la cicatriz del brazo. Estaba ahí, era él. Fue bastante difícil verificar su identidad, dado que carecía de huellas dactilares, y al final, tras un minucioso estudio de su dentadura, la foto de Antonio salió en el fichero de presos en busca y captura. Se llamaba José Cartagena y tenía antecedentes por abusos sexuales, innumerables violaciones y agresiones a más de veinte mujeres. No quiero parecer insensible a su muerte, pero tras averiguar quién era realmente, me alegré de que hubiera desaparecido de mi vida, aun de ese drástico modo. Personas así merecen la muerte. Soy de las que opinan que una larga reclusión en un centro penitenciario no ayuda a estas personas, sino que agrava su problema mental, y cuando les conceden la libertad, vuelven con más fuerza y rencor hacia la sociedad y hacia las mujeres que el que tenían antes de ser recluidos.

Todo lo sucedido me había hecho meditar en lo delgada que es la línea entre el abuso sexual y el sadomasoquismo, entre el *bondage* y el goce del placer extremo. Tengo mucha suerte de seguir con vida y, después de haber pasado aquella maravillosa noche con James y experimentar los verdaderos sentimientos de amor hacia otra persona, no cabe en mi cabeza la idea de volver a intentar ninguna otra variante de sexo. Quizás era la carencia de cariño o la falta de autoestima lo que me impulsaba a querer probar todo tipo de vejaciones. Durante esas dos semanas, había tenido tiempo de darme cuenta de que, por mucho que temía a la monogamia, había de darle una oportunidad. Sentía que todo saldrá bien esa vez.

Había terminado las esculturas, un total de cuatro. Terminé las dos primeras en una semana. Las pautas de entrega eran las siguientes: yo le comunicaba que las esculturas estaban finalizadas a través de un correo, Elena Somosierra me hacía el ingreso en la cuenta, y luego, un mensajero venía a recogerlas a casa. Todo muy sistematizado y en tiempos. Hoy daba por finalizado mi trabajo con la última escultura y esperé sentada en las escaleras del porche de casa a que el mensajero viniera a recogerla. Le había enviado el *mail* de confirmación a las doce del mediodía, y a la una ya tenía el dinero en mi cuenta, 1500 euros para ser exactos. Me mataba la curiosidad de adónde iban a parar mis esculturas y había estado haciendo unas cuantas investigaciones por internet sobre Elena Somosierra, pero ninguno de los resultados tenían que ver con alguien relacionado con el mundo del arte. Quizás fuera una excentricidad de alguna persona sobrada de dinero, ¿quién sabe? Lo único que me importaba en esos momentos era enviar la última escultura a su nueva dueña y preparar el asado, estábamos de celebración. Sé que estas palabras pueden sonar irónicas dado todo lo ocurrido, pero sí había algo que celebrar, Rachel había dado el paso, había dejado a Tomy, y esta vez, definitivamente.

Miré el reloj y comprobé que el mensajero llevaba diez minutos de retraso. Algo bastante inusual, dado que en las últimas tres recogidas había llegado exactamente cuarenta y tres segundos antes de la hora estipulada. Esperaría cinco minutos más y entraría en casa. Mientras veía transcurrir el tiempo en las manecillas del reloj de mi muñeca, me distrajo el estruendo de un cubo metálico de basura que caía rodando calle abajo a manos de un pulgoso y escuálido perro al otro lado de la calle. Todo el contenido había quedado esparcido sobre la acera. Sharon, mi vecina de enfrente, la típica maruja del barrio, había salido clamando el grito en el cielo, con los rulos de la permanente puestos y una escoba en la mano, dispuesta a romperle un par de costillas. Una escena bastante cómica, todo hay que decirlo; ella tratando de atizar al pobre perro, y el pobre perro tratando de meterse en la boca todo lo posible mientras se defendía a gruñidos enseñando los dientes. Todos los gritos y estacadas en falso de la escoba de Sharon no ahuyentaron al perro coraje, que defendió hasta el último trozo de comida que había derramado sobre la acera. En una última intentona, Sharon se quitó la zapatilla azul de guata y se la lazó al pobre perro en la cabeza. Este, cansado del incordió de aquella mujer, que a sus ojos debería de parecer un extraterrestre y que había osado en última instancia a lanzarle un artilugio que le parecía un misil, arremetió contra ella. Sharon, que llevaba media docena de rulos descolgados a los lados de la cabeza, desprovista de zapatilla y el palo de la escoba roto, salió despavorida hacia su casa, con tal infortunio de tropezar con el sistema de riego de su jardín y caer de bruces contra el césped. El perro, dispuesto a vengarse de aquel *alien* de cabeza ahuevada, abrió sus fauces y le mordió el trasero, tras lo cual, elegante y valeroso, se dio la vuelta y se marchó con paso firme y la cabeza bien alta, relamiéndose el morro.

—¿Amanda? —Una voz de hombre me distrajo del espectáculo.

—Sí. —Era el mensajero.

—Lo siento por el retraso —tenía la cara descompuesta—, ha

183

habido un accidente y el tráfico es horrible.

—No te preocupes —dije con una sonrisa—, he estado bastante entretenida mientras esperaba. Pasa, la tienes justo en la entrada.

—Gracias.

Se apresuró a subir los escalones. Seguramente llevaba un retraso importante y hoy tendría que hacer horas extra para terminar todas las recogidas y entregas de su itinerario. En su arranque, un papel se cayó del bolsillo trasero del pantalón. Me agaché a recogerlo y, en vez de avisarle y devolvérselo, hice caso a mi curiosa vocecilla interior y me aparté a un lado del porche para poder verlo mientras él metía la escultura en el camión. Era un albarán de entrega a nombre de Elena Somosierra, y para mi asombro, tenía una dirección escrita: partida San Barts s/n Wilshire. O sea, que éramos vecinas y nos andábamos con secretismos. ¡Qué extraño! Volví a plegar el papel tal como lo había encontrado y se lo devolví al chico, una vez hubo terminado.

—¡Muchas gracias! —dijo poniendo cara de sorpresa cuando vio el papel en mis manos.

—De nada —dije ofreciéndoselo.

—Me acabas de salvar el culo. Si lo pierdo después de todo el retraso que llevo hoy, me despiden —cogió el papel aliviado y sacó un bolígrafo del pantalón—. ¿Me firmas?

—Por supuesto —hice un garabato y le devolví el albarán—. Solo una pregunta, esta dirección...

—Lo siento, pero no puedo, me juego el puesto de trabajo —dijo mientras recogía el albarán y salía despavorido hacia el camión—. ¡Lo siento! ¡Muchas gracias! ¡Que tengas un buen día!

—¡Tú también! —dije levantando la mano a modo de despedida.

Me dejó con la palabra en la boca y una estela de humo negro tras el camión que entró directo en mis fosas nasales, provocándome una irritante tos repentina. Antes de entrar en casa, eché un vistazo al otro lado de la calle para comprobar, como buena vecina, que Sharon siguiera con vida después de su lucha con tan valiente contrincante y, para mi alivio, ya no estaba tirada en medio del jardín.

Entré en casa dándole vueltas a la dirección que había visto en el albarán. Estaba enviando las esculturas a una casa que bien pudiera encontrarse muy cerca de la mía. Entonces... ¿Por qué tanto secretismo? ¿Por qué no venir a tocarme a la puerta y hacerlo en persona? ¡Qué gente más extraña! Bueno, las excentricidades de las personas solo pueden entenderlas ellos mismos, lo que a vista de los demás no tiene ninguna lógica, seguramente para ellos la tendrá, digo yo. Y con esto y el engrosamiento de mi cuenta bancaria, me puse manos a la obra con el asado de cordero. Esta vez quería asegurarme de que cenaríamos en hora y no quemaría la cocina como la última vez, aunque dado que Rachel venía a echarme una mano y no estaríamos solos, las posibilidades eran casi nulas.

Entré en la cocina y descorché una botella de vino. Si James me viera bebiendo directamente de la botella sin haber pasado antes por un decantador, me pondría las esposas y me haría pasar la noche en el calabozo, pero aprovechando que no estaba presente, y teniendo en cuenta que para cuando llegara ya no quedaría vino en la botella, saqué una copa y la llené hasta arriba. Y con este segundo paso, ya eran dos puntos los que sumaba en cosas que no hay que hacer nunca con un buen vino, ¡llenar la copa hasta arriba! Entre sorbo y sorbo pelé unas patatas y me vino a la mente mi vecina; el pensamiento de victoria que tendría antes de salir de su casa, escoba en mano, ante un contrincante que a sus ojos era pan comido, y que al final, acabó derrotándola por cao técnico en el primer asalto. Una carcajada emergió de mi garganta como el grito de una urraca. Recordaba lo cómica que estaba con los rulos caídos dando palos al aire sin alcanzar a su adversario. Eso le enseñaría para la próxima vez, aunque sea, a cuidarse de no salir a la calle en rulos y zapatillas de guata. El perro estaba actuando en defensa propia contra una especie de *alien*. Me flojearon las piernas del ataque de risa y tuve que sentarme.

—¿Qué está pasando aquí? —tenía a James justo frente a mí y continué retorciéndome de risa sobre la silla.

—Es que... —me era imposible vocalizar.

—Por lo menos, no estás llorando.

—No... Sí... —intenté levantarme pero las piernas volvieron a flojearme.

—Dé... de... déjalo, si estas riendo es por algo gracioso, ya me lo contarás cuando pares, si es que puedes.

Se quitó la chaqueta y fijó la vista en la botella de vino que había dejado sobre la mesa de la cocina e instintivamente comenzó a buscar el decantador.

—¿Has abierto una botella de Vega Sicilia y no la has puesto en un decantador? —cogió la botella y me la puso delante de los ojos.

—Yo... —no podía parar de reír, y aún me hizo más gracia imaginarme a James poniéndome las esposas y llevándome a la comisaría. Ya veía los enunciados, "detenida por no usar el decantador"— ¿Es eso lo que te hace tanta gracia? —dijo con cara de no saber muy bien lo que estaba pasando.

—No... es... que... —y exploté a reír de nuevo.

—Déjalo, ya lo hago yo.

Tocaron al timbre y me levanté de la silla como pude a abrir la puerta. Dejé a James con malos humos en la cocina buscando el decantador que no iba a encontrar ni en sueños, ya que lo había sacado a la terraza para utilizarlo como florero. Pensando en James, el decantador y el florero, era imposible parar de reír. Abrí la puerta y me encontré con Rachel.

—¿Qué es tan gracioso? —dijo sin saber si reír conmigo o no hacerlo.

—El decantador... —la palabras se apilaban unas con otras en mi garganta— de florero... —Rachel seguía mirándome con los ojos abiertos como platos—. James...

—¿Qué? —dijo apartándome para entrar en casa—. Tú no estás bien, Amanda. Todo esto creo que te ha trastocado un poco la cabeza.

Antes de cerrar la puerta, levanté la mirada del suelo y vi a Sharon al otro lado del cristal de la ventana del salón con cara de espanto mirando la calle de arriba abajo e imaginé que buscaba a su contrincante. Me produjo tal estallido de risa ver su cara descompuesta tras el cristal, que tuve que salir corriendo al aseo. Había contenido tanto tiempo la risa, que ahora brotaba incontroladamente y no veía modo humano de pararla. Si no paraba pronto iban a pensar que estaba loca o algo por el estilo, así que decidí quitarme a mi vecina y al florero de la cabeza. Unos segundos más tarde salía del aseo con los ojos llorosos y la respiración descompasada.

—Hombre, Amanda, bienvenida. ¿Nos vas a contar qué es tan gracioso? —me preguntó Rachel con una copa en la mano.

—Mejor que no. Si pienso en ello no respondo de mí —dije cogiendo mi copa de la mesa de la cocina.

—Y nos dejas así —dijo Rachel arqueando una ceja—. ¿A ti te parece normal?

—Quizás más tarde —y le dediqué una pícara sonrisa a James.

—¿Me quieres decir dónde está el decantador?

—Mejor nos tomamos así el vino —y esbocé una sonrisa mientras hundía la nariz dentro de la copa.

—¿Tú cuantas botellas te has bebido? —dijo cogiéndome la copa

—Esta es la primera, lo juro.

—¿Qué hacemos, James? ¿Le devuelvo la copa...? —dijo Rachel jugando conmigo mientras yo intentaba alcanzar la copa— o... la castigamos sin beber vino en toda la cena.

—Mmmm —dijo tocándose el mentón—, no sé, déjame pensarlo —y esbozó una leve sonrisa.

—Porque hoy estamos de celebración, que si no —dijo haciendo una breve parada para devolverme la copa—, te quedabas sin vino.

—Gracias —dije haciéndole una reverencia—, muy amable por tu parte, te recuerdo que estás en mi casa.

Le saqué la lengua en represalia por haber jugado conmigo como si fuera un burro tras su zanahoria, y después de una mirada de compenetración entre los tres, esbozamos una amplia sonrisa, alzamos las copas y brindamos por la separación de Rachel.

VILLA SAN MATHIOUS

ANA

—Buenas tardes, otra entrega para Elena Somosierra.

—Sí, creo que esta es la última.

—Ana, ¿verdad?

—Sí, y perdona por las pintas que llevo, pero me has pillado un poco enfrascada en la pintura —dije disculpándome con las manos cubiertas de blanco.

—No te preocupes —dijo extendiéndome la mano con el albarán—. ¿Me firmas?

—Claro —y me ofreció un bolígrafo—. Puedes dejarla donde las otras, en el cobertizo.

—Muchas gracias —dijo cogiendo el albarán a toda prisa.

—No tardaré mucho.

—Yo estaré por aquí —dije dedicándole un sonrisa—, ya sabes cómo llegar.

Pero antes de que hubiese terminado con la frase, ya estaba ante las puertas del camión bajando la escultura. Esta era la cuarta. Max había llamado esa mañana a primera hora para avisarme que llegaría la última, y que Elena, su tía lejana, vendría a recogerlas en unas semanas desde España. Gracias a Dios que había un cobertizo en la casa porque no veía la forma de que esas extrañas esculturas pasaran por la puerta de entrada, y tampoco quería que desentonaran con la nueva decoración. Mientras seguía pintando la madera del porche subida en la escalera, pensaba en cómo dejar la casa aún mejor de lo que ya estaba para sorprenderle. Se había portado tan bien conmigo... Me había cedido su casa tan sólo a cambio de unos cuantos arreglos, me traía comida cada dos días a cambio de nada y era extremadamente amable conmigo sin llegar a propasarse ni a querer llevarme a la cama. ¡Ya sé! terminaré de pintar y preparé una buena cena, y de postre, me tendrá en bandeja.

—¡Bueno, Ana! —se despidió el mensajero entrando a toda prisa en la cabina del camión— ¡yo ya me marcho! —y agitó el brazo desde la ventanilla—. ¡Que tengas un buen día!

—¡Igualmente! —y salió chirriando ruedas sobre la gravilla despidiendo pequeñas piedrecillas a modo de proyectiles.

Eso es, esa va a ser mi forma de agradecerle todo esto, y cuando seamos una pareja feliz, iremos a recoger a Luna.

22:00 p.m.

La cena había estado deliciosa. El cordero en su punto exacto y el vino pasado por el decantador. Rachel se pasó toda la sobremesa contándonos lo liberada que se sentía tras su ruptura con Tomy y lo extremadamente feliz que era, tan feliz, que acabó con dos botellas de vino ella sola. También nos contó sus nuevos planes de reforma para la casa, le daría un nuevo ambiente bohemio que borraría cualquier rastro de recuerdo de Tomy.

—Creo que ya he hablado suficiente por esta noche —dijo sentándose frente a la chimenea—, ahora os toca a los tortolitos.

—¡Rachel! —dije acribillándola con la mirada.

—¿Qué? —Y sorbió un poco más del vino—. ¡Perdón! La cena buenísima, Amanda.

—Gracias Rachel.

—Y el postre —dijo relamiéndose los labios—, ¡sublime! Esta vez te has superado.

—Sabes que sin tu ayuda no me hubiera salido tan bueno.

—¡Qué modesta eres!

—La pena fue que me perdí el primer asado —agregó James con

expresión divertida.

—Un fallo técnico —y esbocé una sonrisa medio sonrojada acordándome del cordero carbonizado y de nuestra primera noche juntos.

—La próxima vez intentaré concentrarme más en los tiempos —James y yo nos miramos con complicidad.

—A saber lo que estaríais haciendo... —dijo con tono reticente y una sonrisa de oreja a oreja—, porque imagino que no sería ganchillo. —James se escondió tras la copa de vino.

—Ya he terminado las esculturas —dije cambiando de tema.

—Ya veo que no vais a soltar prenda, ninguno de los dos —dijo acomodándose en el sillón frente al fuego, mirándonos de reojo—, y... ¿quién es la nueva dueña?

—Elena Somosirra —dije acomodándome junto a Rachel.

—¿Es Española?

—Sí, o eso parece. Aparentemente vive aquí, en Wiltshire, en Partida San Barts sin número ¿Os suena? —dije mirándolos a ambos.

—Pues la verdad es que me suena y no sé de qué —dijo Rachel con expresión pensativa.

—No sé —dije bebiendo un sorbo de la copa—, me parece un poco extraño.

—¿Por qué? —me preguntó James que se había sentado en una vieja silla de mimbre frente a nosotras.

—Porque mi modo de trabajar es llevar las obras en persona, y generalmente, por no decir el noventa y nueve por ciento de los casos, es así, pero esta vez ha sido distinto. Todo muy distante. Ni una llamada, ni un contacto. Nada.

—Te habrá salido una rarita —dijo Rachel que ya empezaba a dar cabezazos en el sofá bajo el efecto del vino.

—Corrígeme si me equivoco, pero creo que en el mundo del arte sois un poco raritos —agregó James.

—Bueno... —me quedé dubitativa unos segundos pensando en las palabras de James—, la verdad es que sí, somos un poco raros. No lo había visto desde esa perspectiva.

—¿Te ha pagado? —me preguntó Rachel.

—Sí.

—Pues entonces, ¿a qué le estás dando vueltas ahora?

—Pues... —el vino comenzaba a hacer estragos en mí— la verdad... no lo sé. Ya encuentro sospechosos hasta a mis clientes.

—Creo que debemos descansar —agregó James—. Eso es lo que creo yo.

—Yo estoy contigo —dijo Rachel quitándose los zapatos para subir las piernas al sofá—, porque no os importará que me quede aquí a dormir, ¿verdad? —dijo entornando los ojos mientras se tumbaba y me tiraba del sofá con los pies.

—Por supuesto que no, pero no hacía falta que me tirases del sofá a patadas.

—Mmmmmm.

—Creo que no te oye —me dijo James mientras me rodeaba la cintura con los brazos y me besaba el cuello.

—James...

—Ahora mismo no creo que esté en condiciones de oír ni ver nada —y me dio un tierno beso en los labios.

—Por fin a solas —y le devolví el beso—. Te he echado de menos.

—Y yo a ti —dijo sin apartar sus labios de los míos—. ¿De verdad te preocupa lo de esa Elena Somosierra? Porque podría...

—Shhhh —y volví a besarle, esta vez con lengua—, ahora no.

Ahora lo que quiero es ir a la cama contigo.

—Soy todo tuyo.

VILLA SAN MATHIOUS
11:00 p.m.
ANA

Creo que le ha gustado mucho la cena y también mi vestido. Ahora saldré ahí y le pondré la guinda final con el postre. Le diré que le quiero, o... ¿es muy pronto? Quizás salga corriendo. No, Ana, no. No queremos eso, queremos pasar nuestra vida con él. Queremos ser felices ¡porque nos lo merecemos! Así que, no te emociones esta vez, como con James... y deja que las cosas fluyan solas, no las fuerces. Sal ahí, insinúate un poco y a ver qué pasa. Eso, coge el plato, respira hondo y ¡a por él!

—¡El postre está en la mesa! (¿Dónde demonios se ha metido?) ¿Max?

—¿Puedes venir un momento? —escuché su voz proveniente del pasillo.

—Claro.

Dejé la tarta de frambuesas sobre la mesa y seguí su voz a través del pasillo hasta el salón. Tenía la puerta entreabierta y la voz de una locutora de televisión sonaba de fondo. Empujé la puerta y lo encontré sentado en una butaca frente a un pequeño televisor de plasma. Una despampanante reportera con una recatada melena negra anunciaba una profecía en las noticias de medianoche.

El fin del mundo se aproxima, ¿será como nos lo han contado en las películas? ¿Será un meteorito el que acabe con nosotros? ¿Será más bien el cambio climático? ¿Moriremos congelados? Según un manuscrito encontrado en Stonehenge, ese día será el 14/14/2014, sí, han oído bien. Según este manuscrito, este año contará con dos meses más, enero pasaría a ser el mes trece y febrero, el catorce; tras este último mes, todo habrá terminado. ¿Legenda o realidad?...

—¿Crees que nos quedan dos días? —me preguntó con sórdida voz mientras en la tele seguían retransmitiendo el noticiario.

—No, nunca he creído en esas cosas —dije aproximándome al sillón.

—Pues deberías creerlas —me contestó aún sin que yo pudiera verle la cara.

—¿Por qué? —le respondí una vez frente a él.

—Porque creemos que viviremos para siempre y estamos equivocados. —Su mirada comenzaba a darme miedo.

—No te entiendo. ¿Qué tiene que ver cuánto tiempo viviremos con una estúpida profecía? —Y continuó mirándome en forma desafiante.

—¿Qué harías si supieras que vas a morir? —se levantó de la silla y se puso frente a mí.

—Pues... (me está poniendo nerviosa, ¿qué mosca le ha picado?), no lo sé, nunca lo he pensado, la verdad.

—Piensa en un último deseo —me dijo susurrándome al oído.

—No sé... —su hilo de voz me produjo un escalofrío.

—Tic tac, tic tac, el tiempo pasa... —dijo mientras me besaba obscenamente el cuello.

—Eh... (me está metiendo mano. ¡Oh, Dios mío!, ¡ahí, no! ¡Así, no!)

—Perderás tu oportunidad —sentía su aliento cada vez más caliente sobre mi cuello.

—Y si lo hacemos un poco más divertido, ¿eh, Ana? —dijo cogiéndome del pelo hacia atrás.

—¡Suéltame, Max, me haces daño!

—En realidad sé que te gusta... zorra. —sus palabras me pegaron una punzada en el estómago—. (Pero ¿qué estaba pasando aquí? ¡No, no, no, no! ¡Así, no!)

—Dime, ¿te gusta? —dijo lamiéndome la cara.

—No —dije intentando zafarme de sus brazos que me agarraban con fuerza de las muñecas—. Suéltame, Max, me haces daño.

—¿Te gustaría que fuese James? ¿Te gustaría follártelo? —me agarró del pelo y tiró de mi cabeza con fuerza hacia atrás—. ¡Dime! ¿Pensabas que iba a follarte? —y comenzó a lamerme de nuevo por toda la cara—, ¿eh, zorra?

—No, no, no —dije con un hilo de voz—, déjame, Max, por favor.

—Ahora vas a saber lo que es un hombre de verdad.

Me empujó y caí al suelo golpeándome la cabeza con algo punzante. El dolor era insoportable y, mientras me retorcía en el suelo, se desabrochó los pantalones y se quitó el cinturón. En ese momento noté como un hilo de líquido discurría por mi cuello. Estaba caliente. Me puse la mano en la parte trasera de la cabeza y el pelo se quedó adherido a mis dedos. Me llevé la mano frente a los ojos, estaba cubierta de sangre y mechones de pelo. Entré en pánico mientras veía a Max acercarse a mí con un objeto punzante en la mano.

—¿Vas a ser buena, verdad? —y sentí el frío filo de un cuchillo sobre el cuello.

—Ajá.

—Bien —dijo mientras deslizaba el cuchillo por todo mi cuerpo y se detenía entre mis piernas.

Tenía el vestido a la altura de la cintura, puso el filo sobre mi pubis y noté una punzada de dolor. Intenté levantarme pero me empujó de nuevo contra el suelo. La cabeza me daba vueltas y la vista me fallaba por momentos, lo único que podía vislumbrar era a Max penetrándome con fuerza con la cara y las manos cubiertas de sangre. Intenté zafarme de nuevo, pero en el intento, la cuchilla me segó el cuello y caí desplomada sobre el charco de sangre. Sentí mucho frío, un zumbido, unos zapatos frente a mis ojos, paz. Luna.

—Y ahora la guinda final, dónde está su móvil... ¿por qué las mujeres meterán tantas cosas en los bolsos?... Aquí. Contactos. ¿Aún te mueves? Espero que puedas oír esto, James será el siguiente, ¿me oyes? No me despistes que aún puede que no haya terminado contigo. Contactos, a, b, c, d, e, f, g, h, i, j, James, mensaje:

Hola, James, me gustaría verte y pedirte disculpas antes de marcharme. Siento mucho todo lo que ha pasado. Discúlpame, por favor. VILLA SAN MATHIOUS, Partida San Barts s/n Wiltshire. Cojo un tren a las once de la mañana, estaré despierta desde las ocho.

—¿Vendrá? Yo creo que sí.

JAMES

—Buenos días, Amanda, te veo luego.

—Mmmmmm.

—(Está preciosa cuando duerme). Es muy temprano, sigue durmiendo.

No reaccionó a mi beso, estaba tan profundamente dormida que emitía pequeños sonidos guturales y los párpados se movían de un lado al otro con rapidez. Salí de la habitación sin hacer ruido y bajé las escaleras. Los escalones de madera crujían cada vez que ponía un pie en ellos hasta que llegué al final de la escalera. Eché una ojeada al salón y confirmé que Rachel seguía en el mismo sitio donde la dejamos la noche anterior, a excepción de la manta que había tirado al suelo, me acerqué sigilosamente y se la puse sobre el cuerpo. Acto seguido se aferró a ella como si de su nuevo amante se tratara. Salí sin hacer mucho ruido y me dirigí a la cocina donde busqué una taza limpia y me serví un café que seguramente fuera de hacía un par de días, pero que me ahorraría tiempo de espera. Lo metí al microondas y esperé unos segundos hasta que la escandalosa campana sonó estridentemente, inundando toda la cocina, rompiendo el silencio de la mañana. Mientras esperaba, cogí el móvil dispuesto a llamar a la comisaría y aprecié un mensaje nuevo en la bandeja de entrada:

ANA: *Hola, James, me gustaría verte y pedirte disculpas antes de marchame. Siento mucho todo lo que ha pasado. Discúlpame, por favor. VILLA SAN MATHIOUS, Partida San Barts s/n Wiltshire. Cojo un tren a las once de la mañana, estaré despierta desde las ocho.*

Por fin daba señales de vida. ¿Se marchaba? ¿Dónde? Iría a verla antes de ir a la comisaría y, de paso, me aseguraría de que Luna estuviera bien. Me terminé el café de un sorbo y con los ronquidos de fondo de Rachel, salí de la cocina y me dirigí al coche. Era una mañana gélida, los cristales del coche estaban cubiertos de una fina capa de hielo, y de mi boca brotaba una fumarola de vaho. Cerré la puerta y puse la calefacción a tope para entrar en calor. Encendí el GPS y conduje a la dirección que me había facilitado Ana.

El sitio no quedaba muy lejos de casa de Amanda, a tan solo unos minutos. Estaba un poco apartada de la ciudad, pero disponía de unas inmejorables vistas de Stonehenge. Aparqué el coche delante de la casa. Parecía recién renovada. El porche lucía un blanco inmaculado al igual que el resto de la casa. Los escalones de entrada habían sido barnizados no hacía mucho tiempo y el pequeño cobertizo que había en la parte trasera de la casa lucía el mismo aspecto. Bajé del coche y me apresuré a llegar a la puerta de entrada, hacía un frío que podía cortar el aliento, y el simple hecho de abrir la puerta y caminar me había dejado medio cuerpo congelado. Había una pequeña campanilla a un lado y balanceé la fina cuerda que colgaba de ella un par de veces para hacerme notar, pero no parecía haber nadie en casa. Volví a tocarla un par de veces más, al tiempo que calentaba mis manos frotándolas enérgicamente una con la otra. Golpeé la puerta un par de veces y, para mi asombró, la hoja se abrió bruscamente. Eché una mirada al interior desde el umbral y entré. Frente a mí, había una escalera que conducía al piso superior y un pasillo que continuaba hasta el salón. Cogí este último y continué andando hasta toparme con un sillón de bambú que yacía en medio, frente a un televisor encendido que emitía las primeras noticias de la mañana. La voz de la locutora inundaba la vacía habitación.

—¿Ana? —dije mirando en todas direcciones—. ¿Hay alguien?

El crujido de la madera procedente de las escaleras del piso superior me hizo desviar la vista al pasillo.

—¿Ana?

Esperé unos segundos y, para mi asombro, la silueta de un hombre apareció entre la penumbra del pasillo con paso firme y decidido hacia mí.

—¿James? —dijo la voz procedente del pasillo.

—¿Quién es?

—Soy yo, Tomy.

—¿Tomy? —me quedé petrificado al oír su voz—, pero... ¿qué haces tú aquí?

—¿Y tú? —dijo con tono de desaprobación.

—Eh... —no entendía qué hacía Tomy allí—, llamé a la puerta un par de veces y al no contestar nadie... —cuando quise terminar la frase ya lo tenía frente a mí.

—No te preocupes —dijo poniéndome la mano sobre el hombro—, sé lo que estarás pensando, ¿qué hago yo con Ana? Porque habrás venido a despedirte de ella y de la niña, ¿verdad?

—Pues sí.

—No tardarán, han ido un momento al pueblo. ¿Te apetece un café?

—Pues... —todo esto era bastante extraño, pero no podía decir que no a un café— vale.

—Siéntate, volveré enseguida.

Y diciendo esto desapareció por el pasillo. ¿Qué pintaba Tomy aquí con Ana? Por más vueltas que le daba, no les encontraba ninguna correlación a los dos. ¿De dónde se conocían? No recordaba haberlos visto nunca juntos, es más, Tomy llegó aquí cuando Ana estaba viviendo en Londres. No se conocían, por lo menos hasta ahora. A lo mejor era ella la chica con la que engañaba a Rachel, ¿quién sabe?, y lo que hicieran juntos en aquella casa tampoco me importaba mucho, lo único que yo quería era despedirme de ella, comprobar que la niña se encontraba bien y continuar con mi trabajo.

—Una pena que se marche, ¿verdad? —dijo ofreciéndome una humeante taza de café que olía a gloria.

—Sí, la verdad, pero es su decisión —bebí un sorbo, estaba delicioso—. Y... ¿dónde va exactamente?

—Ni idea —Tomy sostenía otra taza de café entre las manos—. Te preguntarás qué hago yo aquí, ¿verdad?

—Pues... —la expresión de mi cara me delataba— sí, la verdad, porque tú no conocías a Ana.

—No. Pero ella necesitaba un sitio donde quedarse y yo tenía esta casa medio abandonada, y pensé, ¿por qué no? —dijo mientras se ponía a mi lado y me ponía una mano sobre el hombro.

—Así, sin más, sin conocerla.

—¿Y por qué no? —dijo bebiendo un gran sorbo mientras me miraba fijamente—. Las vi a las dos y sentí pena. Te noto un poco nervioso, ¿llegas tarde a algún sitio, James?

—Iba de camino al trabajo cuando he visto el mensaje de Ana, ya tendría que estar allí —dije terminándome la taza de un sorbo. Estaba realmente delicioso—. ¿Tardará mucho?

—No, seguro que está a punto de aparecer por la puerta.

—La llamaré —dije sacando el móvil del bolsillo de mi pantalón.

—Déjalo, ya lo hago yo —dijo marcando el número en su móvil.

—Está bien.

Lo oí hablar con ella por teléfono mientras volvía a desaparecer por el pasillo y me quedé observando una de las puertas que daban al jardín trasero. Me llamó la atención una oscura mancha que cubría parte de la manivela. Me levanté de la silla con dificultad, sentía las piernas y el cuerpo más pesados de lo normal. Di unos cuantos pasos hacia ella y la vista comenzó a nublárseme. Todo parecía dar vueltas a mi alrededor. Continué andando hacia la puerta arrastrando los pies, hasta que la tuve frente a mí y me agarré a ella para no caerme. Las rodillas se flexionaron como por arte de magia y caí al suelo golpeándome la cabeza con el filo de la puerta que aún permanecía abierta. ¿Qué demonios estaba sucediendo? De pronto escuché unos pasos acercándose, y no sé cómo, me encontré en el suelo completamente paralizado, aunque podía escuchar y ver todo con total nitidez. Las pisadas de Tomy retumbaban en el suelo y se introducían en mis oídos como un gran estallido. Cuando se encontró frente a mí, paró en seco y se arrodilló de forma que sus ojos quedaron a la altura de los míos. Tenía la mejilla izquierda pegada al suelo y una gran sonrisa dibujada en la cara. ¿Qué demonios estaba sucediendo?

—Me lo has puesto demasiado fácil, James. —Quería gritar, pero no podía. Intentaba moverme, pero me era imposible. Estaba completamente paralizado—. Ana no vendrá. Una buena chica, la verdad, aunque un poco desequilibrada, todo hay que decirlo.

—¿Que no va a venir? Pero ¿qué coño está pasando aquí? —mi corazón latía a doscientas pulsaciones por minuto.

—Ana está muerta, James, yo mismo me encargué de ella, no sufrió mucho, un corte limpio en el cuello. Un poco de sangre por aquí y por allá... estabas a punto de descubrir un descuido, pero el veneno surtió efecto. —Lo tenía delante con los ojos bien abiertos y la misma sonrisa diabólica de oreja a oreja.

—Pensaba que eras más listo, James, me has decepcionado. Unos simples códigos y no has sido capaz de descifrarlos. Aunque, visto de otra forma, así podré terminar mi obra y Amanda estará aquí para verlo. —Cuando oí su nombre sentí la necesidad de levantarme y romperle la cara, pero todo mi cuerpo estaba paralizado de pies a cabeza—. Tú también estarás aquí para ver cómo cae rendida en mis brazos.

—(¡Hijo de puta, no te atreverás!)

—Sé lo que estás pensando, si la tocas, te mato, pero te recuerdo que el veneno que tienes en el cuerpo irá acabando con todo tu sistema nervioso lenta y dolorosamente, eso sí, no podrás emitir ningún sonido ni mover ni un centímetro de tu cuerpo. Eres lo que en la medicina se denomina un vegetal.

—(¡Cabrón hijo de puta, no la tocarás!) —Las palabras hacían eco en mi cabeza.

—Sí, sí, piensa lo que quieras, pero te aseguro que estarás presente en todo momento. Es hora de terminar mi obra maestra. —Cogió un móvil de su bolsillo y se puso a teclear mientras hablaba en voz alta para que pudiera oírle.

—Hola, Amanda, soy Ana, me gustaría verte y darte algo muy importante antes de irme. Me marcho mañana. Estaré en casa toda la tarde, te espero. Mi dirección es VILLA SAN MATHIOUS, Partida San Barts s/n Wiltshire. Un beso. Tu amiga que te quiere.

Se hizo un silencio, tras el cual todo se volvió negro. Me había cubierto los ojos con algo. Ahora sólo podía oír su voz y mi cuerpo golpeando todo lo que encontraba en su camino, mientras me arrastraba por el suelo hacia la puerta de entrada.

—¿Tú crees que vendrá? Yo creo que sí.

—¡James!

Me incorporé en la cama sobresaltada. Su lado estaba vacío. James ya se había marchado. Aquella mañana tenía una extraña sensación en el estómago. La macabra niña de la cara desfigurada y los payasos me habían acompañado aquella noche y, al igual que en los anteriores sueños, denotaban un ambiente fúnebre. La muerte estaba presente en cada uno ellos, en sus palabras, en sus gestos, en aquel papel.

Esta vez aparecía teñido en rojo y tenía una fotografía, una fotografía de James. Aún parecía oír la maquiavélica risa de aquella niña de dos coletas. Parecía seguirme a todas partes, era tan real que tuve que mirar un par de veces tras la puerta del baño. ¿Me estaría volviendo loca? Miré el despertador de mi mesita de noche, ya eran las doce del mediodía, tomaría una ducha y bajaría a comprobar que Rachel seguía con vida. Me desprendí de la camiseta de James y la ropa interior, introduje un pie bajo la humeante cortina de agua hirviendo hasta que se acostumbró, luego el otro. Ya estaba dentro. Dejé que el agua calentara mi cuerpo y relajara todos mis músculos, lo que me produjo una sensación de bienestar instantánea. Froté mi cuerpo con la esponja impregnada en jabón de lavanda mientras cerraba los ojos y recordaba el roce de los dedos de James sobre mi cuerpo. El agua discurría alegremente por mi entrepierna, y la imagen de James entre ellas me hizo estremecer. Continué enjabonándome el cuerpo abstraída en mis pensamientos hasta que el agua fría me hizo despertar de mi sueño mañanero. Pegué un salto de la ducha y me cubrí con el albornoz.

—¡Joder! Otra vez ese maldito calentador.

Una vez bien despejada después de mi inesperado remojón de agua fría, bajé las escaleras en busca de Rachel, que para mi alegría, seguía durmiendo a pie suelto en el sofá. Cogí el mando a distancia y encendí el televisor. Un poco de noticias para ver cómo está el mundo, y fui a la cocina a prepararme un buen café. Hacía un día horrible. El viento soplaba enfurecido agitando los cristales de las ventanas y las copas de los árboles del jardín. Era el típico día en el que no te apetece moverte de delante de la chimenea, con una buena película de terror y un buen bol de palomitas de maíz.

—¿Estás oyendo, Amanda? —gritó Rachel.

—No —dije cerrando el microondas. ¿Qué debería estar oyendo?

—El fin del mundo es mañana. ¿Estoy oliendo a café?

—¿Quieres uno? —pregunté con un pie fuera de la cocina.

—Por favor. —Regresé a la cocina, cogí una taza del escurridor y le preparé uno con mucha azúcar.

—¿Realmente crees que se terminará el mundo? —seguía gritándome desde el salón.

—Ya no sé qué creer —dije ofreciéndole la taza de café—. Buenos días.

—¡Gracias, Amanda! ¡Eres un sol! —dijo arrebatándomela de las manos.

—De nada. Sube el volumen, ¿quieres? Quiero oír lo que dicen.

¿Habrá llegado el fin de la humanidad? ¿Será como nos lo han contado en la gran pantalla? ¿Seguirá la vida tal y como la conocemos hoy en día? Ya quedan menos de veinticuatro horas para averiguarlo. Tal vez, llegue una nueva era glaciar o... tal vez, todo lo contrario. Tal vez, el Sol nos ilumine en lo que puede ser el último amanecer. Según un manuscrito encontrado en una cripta subterránea muy cerca de las ruinas de Stonehenge, mañana, 14 de Febrero, el cielo se iluminará y la raza humana desaparecerá de la faz de la Tierra. ¿Leyenda o realidad? ¿Realidad o ficción? Retransmitiendo desde Stonehenge, Sharon Lynd. Buenos días y, espero..., hasta mañana.

—¡Wow! —dijo estupefacta Rachel—. ¿Te imaginas que hoy fuera el último día de nuestras vidas?

—No —le contesté mientras contemplaba una increíble imagen de Stonehenge en la pantalla del televisor—, creo que nadie está preparado para saber algo así, y por eso creo que nuestros antepasados lo han estado escondiendo. Innumerables investigadores han intentado descifrar la fecha del fin del mundo y ninguno ha dado con el dato correcto. Creo que el mundo entero entraría en pánico colectivo y todo se convertiría en un caos. Por eso pienso que nos pillará de imprevisto, todos moriremos sin darnos cuenta. Aunque por otro lado, siempre he creído en esta leyenda.

—Como los dinosaurios —y espetó una sonrisa.

—Como los dinosaurios. —Tras esas palabras nos quedamos

unos segundos inmersas en nuestros pensamientos.

—Os veo muy bien, Amanda —y me dedicó una tierna sonrisa—, a ti y a James. Me alegro mucho por vosotros.

—Y yo por ti, Rachel. Después de tanto tiempo eres una mujer libre —dije dándole un pequeño codazo de camaradería en el brazo.

—¿Sabes qué?

—No, ¿qué?

—Que voy a disfrutar de mi último día en la Tierra. Por si acaso, tú sabes... —dijo torciendo la comisura de los labios.

—¿Y en qué estás pensando?, si se puede saber.

—Quiero disfrutar de mi libertad como mujer y hacer lo que me venga en gana. Te llamo esta noche, ¿vale? —dijo levantándose del sofá con toda la melena alborotada.

—Vale.

—Y tú, ¿qué harás hoy?

—Pues... —me quedé pensativa unos segundos hasta que una imagen de las coordenadas de Stonehenge apareció en la pantalla.

—Luego me cuentas, ¿Ok? —dijo dándome un beso en la frente ya con la chaqueta puesta.

—Las coordenadas... —Los números de los mensajes que había estado recibiendo cobraron sentido en mi cabeza.

—¿Qué coordenadas? Disfruta lo que puedas —dijo mientras salía por la puerta—. ¡Quizás hoy sea tu último día!

Cogí el primer trozo de papel que tenía a mano y un lápiz apenas con punta y apunté las coordenadas que aparecían en la pantalla: latitud 49.54.58, longitud 106 206 49° 32´ 45´´ Norte 106° 12´ 22´´ Oeste. Dejé el papel sobre la mesa y subí las escaleras de dos en dos para coger el teléfono. Regresé frente al televisor y fui apuntando uno a uno los mensajes que había recibido.

Buenos días, princesa, son las 9h 32´45.

Buenos días, princesa, son las 6 de la tarde, 12 minutos y 22 segundos.

Buenas tardes, princesa, la longitud de tus piernas me abruma, ¿106 o 206?

Hola, preciosa, cuatro son los nombres y uno, el cuarto que me falta.

¡Tenían sentido! Faltaba por comprobar las numeraciones de las tarjetas, pero cada uno de los números que aparecían en los mensajes estaba en las coordenadas. Sólo me sobraba un 10 ¡No podía creerlo!

Marqué el teléfono de James con las manos temblorosas.

—¡Vamos, James! ¡Coge el teléfono!

Me mantuve a la espera escuchando el tono de llamada hasta que saltó el buzón de voz.

—James, creo haber descifrado el significado de los mensajes. Son coordenadas. Llámame en cuanto oigas el mensaje. Te quiero.

Dejé el móvil sobre la mesa y comprobé en la pantalla que tenía un mensaje. Era de un número desconocido. Quizás fuera él otra vez, y dudé unos segundos con el teléfono en la mano antes de abrirlo.

Hola, Amanda, soy Ana, me gustaría verte y darte algo muy importante antes de irme. Me marcho mañana. Estaré en casa toda la tarde, te espero. Mi dirección es VILLA SAN MATHIOUS, Partida San Barts s/n, Wiltshire. Un beso. Tu amiga que te quiere.

Me quedé aliviada tras averiguar de quién era el mensaje. Era Ana, y si me había enviado un mensaje, seguro que habría llamado a James para despedirse de él. ¿Qué sería eso tan importante que tenía que darme? Quizás James no había contestado a mi llamada porque estaba con ella. Tuve unos celos inconmensurables tan sólo con la idea de imaginarlos juntos. No podía esperar a esta tarde. Me vestí y, con un nudo en la garganta tras mis averiguaciones de última hora, me dirigí a la dirección que ponía en el mensaje. Necesitaba salir de dudas lo antes posible y descubrir qué era eso tan importante que Ana tenía que darme.

El viento seguía azotando con fuerza, arrastrando a su paso con todo lo que encontraba en su camino. Los cubos de basura rodaban calle abajo y papeles, cartones y todo lo que contenían en su interior se levantaba en vuelo bailando a su compás. Abrí la puerta del coche y me apresuré a entrar en él. Cogí el móvil e introduje la dirección para que el GPS me indicara cómo llegar. Una luz intermitente comenzó a parpadear en algún sitio de mi memoria advirtiéndome de algo, pero ¿de qué? Las coordenadas aparecieron en la pantalla, arranqué el motor y puse rumbo a aquella dirección.

No me llevó mucho tiempo dar con ella. Estaba a tan sólo veinte minutos de casa en un enclave un poco perdido de la mano de Dios. El camino empedrado que llevaba a la casa estaba rodeado de una espesa vegetación que crecía por doquier, incluso en medio del camino. Aparqué el coche y paré el motor. Sólo se oía el rugido del viento. Salí del coche y subí los cuatro escalones del porche. Eché una mirada a mi alrededor y todo parecía estar en calma. El coche de James no estaba por ningún sitio, lo que me dejó más tranquila y calmó mi ataque de celos. Toqué a la puerta con los nudillos y esperé unos minutos, pero nadie contestó. Rodeé la casa y miré a través de las ventanas, pero tampoco pude ver a nadie en su interior. Había un cobertizo en la parte trasera con un todo terreno aparcado frente a él. La puerta estaba entreabierta.

—¡Hola! ¿Ana?

Crucé el pequeño camino empedrado hasta estar frente al cobertizo y abrí la puerta. Estaba oscuro, pero podía distinguir unas siluetas al fondo.

—¡Hola? ¿Ana? ¿Estás ahí?

Di un par de pasos al interior, intentado averiguar qué eran aquellas formas. De repente, oí el crujido de la puerta que se cerraba a mis espaldas. La oscuridad lo inundó todo.

—¿Ana?

RACHEL

11:00 p.m.

—¡Rachel!

—¿Qué?

—¿Tienes un decantador para el vino?

—No, (otro igual que James).

—Pues ya me dirás cómo nos lo vamos a beber.

—Pues en copas.

Estaba en casa con mi joven amante, cuando aquellas palabras me hicieron recordar a Amanda y a James, a las risas que habíamos tenido el día anterior con el dichoso decantador que, al parecer, tanto gusta entre el sector masculino. Puse una música ambiente mientras cogía el teléfono y marcaba el número de Amanda. Fuese una tontería o no, aquella profecía del fin del mundo me había hecho sentir una apremiante necesidad de hablar con ella. Pero no obtuve respuesta, ni de ella ni de James. Estarían disfrutando de la noche, imaginé que, al igual que yo, querrían despedirse de este mundo con buen sabor de boca. Al día siguiente, si es que aún estábamos aquí y no habíamos desaparecido del mapa, los llamaría y nos reiríamos juntos de nuestro último día en la Tierra.

VILLA SAN MATHIOUS

12:00 p.m.

Mi primera visión cuando desperté en aquel lúgubre lugar, con paredes de piedra recubiertas de moho y el techo de cañizo, fue una de mis esculturas junto a una puerta de madera carcomida. ¿Esto qué era, alguna especie de broma o qué? Estaba aturdida, me dolía la garganta y me costaba horrores respirar con normalidad. Intenté levantarme, pero tenía un grillete rodeándome el tobillo con una cadena de grandes eslabones amarrada a una gran anilla sujeta a una piedra de la pared. ¿Dónde demonios estaba? ¿Qué coño era todo eso?

—Disfruta de ella mientras puedas —dijo una voz que resonó en las cuatro paredes de piedra.

—¿Quién eres? ¿Qué estoy haciendo aquí? —dije mirando en todas direcciones.

—¿Aún no te has dado cuenta de lo que estoy haciendo por ti?

—¡Lo que estás haciendo por mi? ¡Jodido loco!

—Tu profecía se cumplirá y podré cambiar el rumbo de la historia de la humanidad.

—¡Yo lo que quiero es salir de aquí! ¡Socorro! ¡Que alguien me ayude!

—No puede oírte nadie. Puedes seguir gritando cuanto quieras.

—¡Hijo de puta! —y comencé a llorar mientras intentaba quitarme los grilletes.

—Pero antes, quiero ver uno de mis sueños cumplidos.

Aquellas fueron las últimas palabras antes de escuchar un sonido estridente de cerrojos procedente del exterior. Me acurruqué en una esquina con el corazón en la mano. La puerta se fue abriendo poco a poco y una luz blanca cegadora me dejó invidente por unos segundos. Cuando recobré la vista tenía a...

—¡Tomy! —En aquel instante pensé que estaba teniendo algún tipo de alucinación.

—Te dije que algún día te tendría a mis pies.

—¡Hijo de puta! ¡Eras tú! —y le escupí en la cara—, antes muerta.

—Si quieres volver a ver a James con vida, debes empezar a cuidar tus palabras.

—¿Qué le has hecho? —e intenté arremeter contra él.

—Lo tienes más cerca de lo que piensas —y me agarró con fuerza de las muñecas—, parece que ya empiezas a recapacitar sobre tus palabras, ¿verdad? —Sentía su apestoso aliento en mi cuello.

—¿Qué quieres de mi? Dímelo de una vez, pero no le hagas daño a James, por favor —dije suplicando.

—Te quiero tener de rodillas dándome placer, eso es lo que quiero.

—¡Cabrón! —Me empujó con fuerza contra al suelo y quedé arrodillada junto a él.

—Es tu decisión —dijo mirándome con una sonrisa en la cara—, ¿vivirá o morirá? Tic, tac, tic, tac.

Se desabrochó los pantalones y dejó su miembro al descubierto frente a mi cara. Me entraron nauseas tan sólo imaginándome haciéndole una felación. Entrelazó sus dedos entre mi pelo y tiró de él con fuerza, obligándome a mirar hacia arriba. Me dejé llevar. Dejé la mente en blanco y pensé en James. Mientras arremetía con fuerza en el interior de mi boca, recordaba a James abrazándome con dulzura, los dos desnudos sobre la cama haciendo el amor. Con cada arremetida, su cara se hacía más latente, a cada arcada, su sonrisa resonaba en mis oídos. Sólo esperaba que aquello le salvara la vida.

No duró mucho, escuché unos gemidos y al cabo de unos segundos noté su eyaculación en el fondo de la garganta. Me soltó del pelo y me dejó caer al suelo. Las arcadas brotaron desde lo más profundo de mis entrañas y el vómito emergió incontrolable en todas direcciones.

—Ahora despídete de James —dijo subiéndose la bragueta.

—¿James? —dije limpiándome la boca aún llena de trozos de comida y esperma.

Se dio media vuelta y se dirigió a la escultura. Me quedé petrificada.

—Y espero que estés lista para cuando vuelva —pegó unos golpes a la madera y se giró hacia mí con aires de suficiencia—, ¿eh, cariño? Seguro que James ha disfrutado del espectáculo.

Me quedé muda sin saber qué decir, de rodillas sobre mi propio vómito. Vi cómo arrastraba la escultura y cerraba la puerta ante mis ojos incrédulos de lo que estaba viendo.

—¡James!

Estaba jodida. Estaba muerta.

RACHEL

14 DE FEBRERO DE 2014

—¿Te marchas? —dije medio aturdida por la luz de la ventana que cegaba mis ojos.

—Sí, tengo clase —dijo inclinándose para darme un rápido beso de despedida—, y llego tarde.

—¿Qué hora es?

—Las nueve y media —y salió como un rayo por la puerta—. ¡Nos vemos!

Bueno, parece ser que el mundo continúa, pensé mientras miraba a través de la ventana aquel fabuloso día. Pegué un salto de la cama y me dirigí a la cocina, cogí el móvil de la mesita de noche y marqué el número de Amanda. Me preparé un café, mientras daba el tono de llamada, y encendí el televisor. Tal vez había desaparecido medio planeta y no me había dado cuenta con el ajetreo de la noche anterior. Lo volví a intentar un par de veces más mientras veía el noticiario, pero Amanda parecía estar fuera de cobertura. Me bebería el café e iría a verla.

El tiempo era engañoso. Desde que puse un pie en la calle, un anticiclón apareció de la nada y cubrió el cielo de gris descargando con furia miles de litros de agua. El tráfico era denso y todo el mundo tocaba el claxon debido a los interminables atascos. Aparqué el coche frente a la casa de Amanda, cogí un chubasquero que siempre llevo para casos de emergencia como esos, en los que el tiempo cambia a su antojo, y salí corriendo hacia el porche. Toqué un par de veces a la puerta con los nudillos y miré a través de los cristales, pero no parecía haber nadie. Rodeé la casa y eché un vistazo por la puerta trasera del jardín.

—¡Amanda! ¡Amanda!

Forcé una de las ventanas y conseguí, tras muchos esfuerzos, alargar el brazo y abrir la puerta desde el interior. Todo estaba tal y como lo habíamos dejado el día de la cena. Las tazas de café seguían en la mesa frente a la chimenea y los platos, en el fregadero. ¡Qué extraño! Volví a gritar su nombre un par de veces, pero tampoco hubo respuesta. Definitivamente no estaban en casa, ni ella ni James. Subí las escaleras a echar un vistazo en su habitación, pero allí tampoco encontré a nadie. Bajé los escalones pensando que, tal vez, habían decidido pasar la noche fuera en algún hotel. Una vez de vuelta en el salón, me fijé en un papel que había sobre la mesa y que antes había pasado por alto. Me acerqué a cogerlo y lo observé unos segundos. Eran números, pares de números sueltos escritos a bolígrafo con la letra de Amanda y, lo que parecía, unas coordenadas en la parte superior del papel. En la parte inferior, había una dirección: VILLA SAN MATHIOUS, Partida San Barts s/n, Wiltshire. Villa San Mathious, ese nombre me sonaba de algo. Mientras pensaba de qué me era familiar el nombre de aquella villa, me senté frente a la chimenea y busqué el significado de las coordenadas en el buscador de *Google* del móvil. Al cabo de unos segundos, aparecieron fotos de Stonehenge en la pantalla. ¿Habría estado buscando información sobre la profecía? Pero... ¿Y los pares de números esparcidos por el folio sin sentido aparente? Esto tenía que tener algún significado. Piensa, Rachel, Villa San Mathious, ¿de qué me suena ese nombre? ¿Tendrá alguna relación Stonehenge con aquella dirección? ¡Bingo! La

216

introduciré en el buscador y me dará la localización exacta, así saldré de dudas. Tecleé la dirección en *google maps* y un puntito rojo apareció en la pantalla, no muy lejos de las ruinas, y no muy lejos de casa de Amanda. Todo esto era muy extraño. Cogí el móvil y volví a marcar primero su número y luego el de James, pero ninguno de los dos daban señales de vida. Comencé a darle vueltas a aquella dirección. ¿Dónde había oído antes yo ese nombre? Me devané un buen rato los sesos hasta que caí en la cuenta de que Amanda la había nombrado en la cena. ¡Eso es! Era la dirección a la que había estado enviando las esculturas, pero... ¿qué pintaban aquellos números escritos al azar con aquella dirección? Conociendo un poco la manera de pensar de Amanda, seguro que le había estado buscando algún sentido e intentado relacionar las misteriosas entregas con su profecía y, casi seguro, que se había pasado por aquella dirección para averiguar quién era su compradora misteriosa. La verdad era que yo también estaba empezando a sentir curiosidad y, dado que no tenía nada que hacer aquella mañana, no perdía nada acercándome hasta allí. Salí de la casa y entré en el coche a toda prisa para no quedarme congelada.

No tardé más de veinte minutos en llegar a aquella misteriosa dirección. Conforme me acercaba a aquella casa, la sensación de que ya conocía aquel lugar se hacía cada vez más palpable, pero... ¿de qué? Seguí avanzando con la primera marcha a paso lento por el camino empedrado, cuando un enorme sapo saltó sobre el capó del coche y, justo en ese momento, recordé por qué me era tan familiar aquella casa. ¡Era una de las tantas propiedades de Tomy! ¡Eso es! Solíamos venir casi todos los fines de semana en el primer año de nuestra relación, pero acabé odiando este sitio y sobre todo, una pequeña casita de piedra que solía utilizar de refugio cuando salía de caza. Pero ¿qué tendría que ver Tomy con las esculturas? Aquello no tenía ninguna lógica. Seguí conduciendo hasta toparme con el coche de Amanda que estaba aparcado frente a la casa. Estaba tal y como la recordaba, pero con el porche recién pintado. Salí del coche en su busca y en la de alguna explicación que me aclarara todo aquello.

La puerta de la casa estaba abierta de par en par y decidí entrar a inspeccionar el interior. Grité su nombre un par de veces, pero no obtuve respuesta. Me adentré por los innumerables pasillos que comunicaban unas habitaciones con otras. Era algo que nunca terminó de gustarme de aquella casa. Tenía una extraña distribución, la cocina estaba al final de uno de los oscuros pasillos, el comedor en otra pequeña sala sin ventanas y la sala del televisor estaba saliendo de esta última, al final de otro pasillo con, tan sólo, una diminuta ventana. Llegué a la cocina, pero allí tampoco había nadie y decidí salir por la puerta trasera. Agarré la manivela de la puerta y noté que algo pringoso se me adhería a la palma de la mano. Era una sensación viscosa. La aparté de inmediato y me encontré con una especie de cuajo rojo pegado entre mis dedos. Sacudí mi mano con la intención de que aquello se despegara y salió despedido al suelo. ¿Qué demonios era eso? Mis dedos habían cogido un tono rojizo, miré la manivela y comprobé que estaba del mismo color y que un poco de aquella materia seguía adherida a ella. Me apresuré a lavarme las manos, y una vez que el agua comenzó a limpiar aquella sustancia, que yo creí pintura en un principio, la rapidez en desprenderse de mi piel y el olor a óxido me hicieron ver que aquello que acababa de tocar era sangre. Abrí la puerta que había dejado medio abierta y salí corriendo hacia el cobertizo en busca de Amanda, pero tampoco la encontré allí, y me encaminé al cuarto de aperos. Seguí el sendero, colina abajo, gritando su nombre..No había ni rastro de ella. El suelo estaba embarrado y me era muy difícil dar un paso tras otro sin resbalarme. Llevaba puestos unos zapatos con media cuña que se anclaban al barro, dificultándome avanzar. La espesa vegetación me impedía ver a más de dos metros y, si recordaba bien el camino, debería de haber una especie de acantilado por allí desde el que solíamos contemplar las puestas de sol que daban justo... ¡joder! ¡Stonehenge! Todo aquello cobraba un cariz cada vez más escabroso, Tomy, las esculturas, Stonehenge, esta casa... Mi corazón palpitaba cada vez más a prisa.

—¡Amanda! ¡Amanda!

Grité una y otra vez hasta llegar al final del camino, al borde del acantilado, y allí estaba, la pequeña casa de aperos de piedra que recordaba, justo al borde del precipicio.

—¡Ayuda! ¡Socorro!

El vello de todo mi cuerpo se erizó con aquellos gritos de ayuda procedentes del interior del pequeño cuarto de aperos. Salí corriendo y el primer nombre que me vino a la cabeza fue el de Amanda.

—¡¿Amanda!?

—¡Rachel!

—¿Qué demonios está pasando, Amanda? ¿Estás bien?

—¡Sí! ¡Pero sácame de aquí, por favor!

—Está bien —dije intentando calmarla—, te sacaré de ahí.

Cogí una piedra y comencé a darle golpes a los cerrojos hasta que logré romperlos, abrí la puerta y encontré a Amanda atada con unos grilletes a la pared. Corrí hacia ella y la envolví entre mis brazos mientras lloraba desconsolada.

—¿Estás bien? ¿Quién te ha hecho esto, Amanda? Dime, ¿quién?

—Tomy —me contestó entre sollozos—. Ha sido ese hijo de puta, y se ha llevado a James.

—¡¿Qué?!

—Lo ha metido dentro de una de mis esculturas —lloraba desconsolada atropellando las palabras al hablar—, tenemos que encontrarlo, Rachel, ayúdame, ayúdame, por favor. ¡Es él!

—Hijo de puta —e intenté arrancar la cadena de la pared.

—Ayúdame...—dijo apartando la mirada al suelo.

—Va a pagar por lo que te ha hecho —dije apretando los dientes—. Voy a la casa a por algo para quitarte los grilletes. Vuelvo enseguida.

—Ten cuidado, Rachel.

—Tranquila, te sacaré de aquí —y le dediqué una mirada tranquilizadora antes de salir corriendo camino arriba.

Sólo esperaba no encontrarme con él antes de tiempo. Entré en la casa, esta vez más precavida y fui derecho a una de las habitaciones donde recordaba que guardaba una escopeta de caza. Me arrodillé y miré bajo la cama, ¡Bingo! Arrastré la caja y saqué la escopeta. Quedaban unos cuantos cartuchos esparcidos por el interior, los cogí y los metí en el bolsillo de la chaqueta. Debía darme prisa, ese cabrón podía aparecer en cualquier momento. Salí a toda prisa hacia el cobertizo en busca de algo para quitarle el grillete a Amanda, no me fiaba demasiado de mi puntería como para abrirlo sin dañarle la pierna. Un martillo, un hacha, algo... pero no me hizo falta ingresar, justo en la entrada había un hacha cubierta de sangre tirada en el suelo que antes había pasado por alto. La cogí sin pensar a quién habrían matado con ella y salí corriendo camino abajo. Las ramas me golpeaban en la cara con fuerza cada vez que intentaba apartarlas con la mano. Comenzaba a llover de nuevo y el cielo se cerró aún más, haciendo el camino más fangoso y oscuro. Aquellos dos minutos que tardé en recorrer el camino hasta Amanda se me hicieron eternos. Sentía que no lograba avanzar por el fango, y la vegetación parecía cerrarme el camino.

Una vez tuve el grillete en mis manos, comencé a pegarle con la parte no cortante del hacha, hasta que uno de los eslabones cedió, rompiendo la cadena que la amarraba a la pared.

—¡Ya está! —dije abrazándola fuertemente contra mí—. ¡Todo ha pasado!   —Vayámonos de aquí, Rachel, tenemos que encontrar a James.

—Este hijo de puta va a pagar por lo que te ha hecho.

—Hay que encontrar a James —me dijo suplicando.

—Todo esto tiene que ver con la jodida profecía, ¿verdad?

—¿Te acuerdas de lo que decía la profecía de las almas puras? —dijo jadeante—, ¿lo del sacrificio de las almas puras?

—Piensas que...

—Que están todos muertos. Me dijo que me estaba haciendo un favor, que todo esto lo hacía por mí.

—Pero ¿es que se ha vuelto loco?

—No lo sé, Rachel, pero James, no... —y se derrumbó en lágrimas.

—Tranquila —dije de nuevo apretando los dientes de rabia—, creo que sé dónde puede estar. ¡Qué idiota! ¿Cómo no he caído antes en todo esto?

—¿En qué?

—¿Ves esa carretera que baja pegada al precipicio?

—Sí.

—Ahí está el verdadero Stonehenge, según Tomy.

—¿Qué? No te entiendo.

—Llama a la policía, Amanda —y le ofrecí mi móvil—, yo vuelvo enseguida.

—No, Rachel —dijo agarrándome del brazo para impedirme marchar.

—Tengo que hacerlo, por ti y por mi —y me dejó ir—. Vuelvo enseguida, ¿vale? Confía en mí.

—Voy contigo.

—No, es mejor que no te vea y que piense que sigues encerrada. A mí no me hará nada.

—Lleva cuidado, Rachel.

—Tranquila —dije dedicándole una sonrisa—, sé cuidarme sola.

Habían pasado más de diez minutos desde que Rachel había desaparecido carretera abajo, y empezaba a impacientarme. No debería haberla dejado ir sola. Comencé a andar de un lado para otro, acercándome cada vez más al final de la carretera, necesitaba comprobar que Rachel se encontraba bien. Había llamado a la policía y tenían mi localización. Darían con nosotras. Continué caminando bajo la intensa lluvia, carretera abajo, con la ropa calada hasta los huesos. No sabía muy bien lo que me iba a encontrar al final de la carretera, pero la idea de dar con James y Rachel con vida me hacía continuar y seguir en pie.

Donde la carretera acababa, pude ver el todo terreno que antes estaba aparcado frente al cobertizo y me acerqué con sigilo mirando de un lado a otro hasta que estuve detrás del coche. A un lado de la pared de montaña había una pequeña carretera, siguiendo la línea del precipicio, cuya entrada estaba vallada. La alambrada tenía una pequeña abertura y me colé por ella. Debían de estar muy cerca. Seguí caminando pegada a la pared mientras las gotas de lluvia golpeaban con fuerza todo lo que tocaban, hasta que el sonido estrepitoso de un disparo retumbó en las montañas e hizo eco en mis oídos. ¡Rachel! Me quedé paralizada. Mi sistema nervioso se quedó bloqueado, impidiéndome seguir caminando. Me fui deslizando por la pared húmeda hasta quedar arrodilla. Estaba en estado de shock. Cerré los ojos y comencé a temblar.

—¿Amanda? —abrí los ojos pensando que mi final había llegado y, cuando miré hacia arriba, vi a un hombre uniformado que me ofrecía la mano—. ¿Está bien?

—Sí —dije asintiendo con la cabeza.

—¿Está herida?

—No.

—¿Dónde están?

—Al final del camino —dije señalando con la mano.

—¡Adelante! ¡Rápido! ¡Rápido! —con un enérgico gesto, ordenó a sus hombres que continuaran camino abajo—. El médico se hará cargo de usted, ¿de acuerdo?

—No me muevo de aquí hasta que sepa que Rachel está bien y James...

—¿James?

—Lo tiene él. Mirar en las esculturas. Están todos en las esculturas.

—¿Esculturas?

—En las esculturas —dije sollozando.

—Tranquila, yo me encargo de todo.

Un grupo de médicos se quedó a mi lado. Me dieron una manta para que entrara en calor y me cubrieron con una especie de chubasquero. No paraban de hacerme preguntas y ponerme aparatos por todos lados. Uno de ellos me ofreció una pastilla y me dijo que la pusiera debajo de la lengua. Así lo hice. Al cabo de unos segundos el temblor de mis manos había desaparecido y mi corazón latía al ritmo de la acompasada respiración. Entré en un estado de somnolencia, pero aun así, pude oír el sonido de disparos a lo lejos, y pude ver cómo pasaban por delante camillas vacías a toda prisa camino abajo. Un par de ambulancias aparcaron a mi lado y uno de los médicos me agarró del brazo para que subiera a una de ellas.

—Yo no me muevo de aquí —dije, tozuda, sin querer levantarme del suelo.

—No se moverá de aquí, pero dentro estará mejor y no se mojará —me dijo uno de los médicos con tono suave.

—No me iré de aquí sin ellos.

—No se irá, se lo prometo.

Accedí. Me agarró del brazo y me ayudó a incorporarme. Aquel amable chico me acompañó al interior de la ambulancia donde me quiso tumbar en una de las camillas, a lo que yo me negué en rotundo.

—No pienso tumbarme hasta que los vea.

—Está bien, pero al menos siéntate, no quiero que te caigas redonda al suelo y te abras la cabeza.

—¡Vamos, vamos, vamos! ¡Rápido! —uno de los médicos pasaba a toda prisa con Rachel en una camilla y otro le seguía haciéndole la reanimación cardiovascular a James.

—¡James! —E intenté bajar de la camilla.

—Tranquila, están en buenas manos.

—¡Déjame verle! ¡Rachel! —y salté de la camilla como pude, pero para cuando quise dar un paso, la ambulancia cerraba sus puertas y salía a toda prisa con las sirenas sonando ensordecedoramente.

—¡James! ¡Rachel! —todo esto era por mi culpa.

—Vamos, Amanda —dijo el médico, acompañándome de nuevo al interior de la ambulancia—, están en muy buenas manos, tú ya no puedes hacer nada por ellos.

Y tenía razón. Mi cuerpo se desplomó en cuanto sintió la camilla y todo cuanto pasaba a mi alrededor comenzó a enturbiarse y a moverse a cámara lenta; el sonido de la ambulancia de fondo; el traqueteo de la camilla moviéndose de un lado a otro; el médico diciéndome algo que no alcanzaba a entender. Los párpados cada vez eran más pesados, y no sé en qué momento, dejé de sentir.

—Hemos cambiado el mundo.

Estaba sentada con los pies colgando del acantilado. La niña de cara desfigurada saltaba y cantaba en círculos a mis espaldas. En el valle reinaba una paz absoluta. Un haz de luz lo inundaba todo. Las ruinas de Stonehenge habían desaparecido, tan solo se veían llanuras inmensas repletas de amapolas de innumerables colores pastel. El cielo tenía tonos púrpura y anaranjados. Inspiraba profundamente y me dejaba embargar por aquella profunda paz, mientras el canto de la niña lo inundaba todo con una dulce melodía infantil.

—Amanda, hemos cambiado el mundo.

Tenía a James a mi derecha cogiéndome la mano con delicadeza. Me sonreía alegremente mientras Rachel me abrazaba por detrás. Nunca había sentido tal sensación de paz.

—Amanda.

—Sí, James.

—Amanda, soy el doctor Stevens.

—¿James? —el destello de luz desapareció.

—Estás en el hospital, Amanda.

—¡James! —todo era un sueño—. ¡Rachel!

—Tranquila, tus amigos se pondrán bien.

—¿Dónde están? —dije incorporándome—. ¿Están bien?

—Rachel está estable, se recuperará pronto —dijo poniéndome una mano sobre el hombro—. James está en observación, en cuidados intensivos, pero es fuerte. Saldrá de esta.

—Gracias a Dios —y me derrumbé en lágrimas.

—Ya ha pasado todo.

—Gracias a Dios —dije con un nudo en la garganta—. ¿Puedo verlos?

—Deberías descansar.

—Por favor —le dije a forma de súplica.

—Está bien —y asintió con la cabeza—, pero luego debes descansar.

—Gracias, gracias, gracias.

Me ayudó a levantarme de la cama y me acompañó por el pasillo unas cuantas habitaciones más allá de la mía. Empujó la puerta y vi a Rachel tumbada en la cama llena de goteros por todas partes.

—¡Amanda! —dijo casi sin fuerzas.

—¡Rachel! —y me abalancé sobre ella—. Gracias a Dios que estás viva.

—Lo siento, todo esto ha sido culpa mía.

—Calla, shhhh —y la abracé con más fuerza—, no debí haberte dejado ir sola.

—Soy muy testaruda cuando quiero, ¿eh?

—Y más con una escopeta en la mano —y comenzamos a reírnos.

—¿Y James?

—Está en observación, pero dice el médico que es fuerte —inspiré hondo y le dediqué una sonrisa—. Saldrá de esta.

—¡Cómo me alegro, Amanda! Todo ha terminado.

—Y yo —las lágrimas brotaron de mis ojos—. Y yo, no sabes cómo.

—Amanda, debes regresar a tu cuarto —dijo el médico con tono severo desde el umbral de la puerta—. Las dos tenéis que descansar, ya tendréis tiempo de hablar. Vamos.

—Nos vemos —le dije a Rachel a modo de despedida con una sonrisa—, ¿vale?

—Vale.

—Estaré aquí al lado.

Y salí de la habitación escoltada por mi médico, al cual pedí un gran favor antes de volver a mi cuarto, ver a James. Entramos en el ascensor y ascendimos hasta la tercera planta. No había apenas luces, ni visitas, ni personas deambulando, tan solo se oía el sonido de los respiradores. Nos adentramos en uno de los pasillos con cristaleras a ambos lados, en su interior había personas cubiertas por máquinas y tubos por todos lados. Gracias a Dios, el médico no se paró frente a ninguna. Seguimos hacia delante y torcimos a la derecha, los ventanales eran más pequeños, solo cubrían la mitad de las paredes y las personas que yacían en el interior sobre las camas parecían disfrutar de mejor auspicio de vida. Pasamos frente a un par de habitaciones, y cuando llegamos a la tercera, el médico paró en seco frente al cristal.

—Ha tenido mucha suerte, una hora más y el veneno lo hubiera matado.

—¿Veneno?

—Es un fármaco que anula el sistema nervioso. La víctima puede ver y oír, pero nada más. El asesino le fue suministrando pequeñas dosis para alargar su agonía, pero gracias a eso sigue vivo —me contestó el médico—. Se recuperará. Es un chico fuerte.

Apoyé una de mis manos sobre el cristal e imaginé que le acariciaba el rostro. Le veía tan indefenso, tumbado en aquella cama toda llena de artilugios y tubos introducidos por todos lados, que tuve que apartar la mirada.

—Creo que es hora de volver, ya has tenido bastante excitación por hoy, jovencita —y me rodeó los hombros con su brazo—. Vamos, te acompañaré a tu habitación.

Antes de marcharme, abrí los ojos y volví a mirarlo. Pegué los labios al cristal y le besé a través de aquella fría barrera.

—Te quiero.

NOTICIARIO DE LA MAÑANA

Stonehenge se despertó ayer con un amanecer sangriento. El supuesto día del fin del mundo nos ha desvelado a otro asesino múltiple, Tomy Brandstow, un distinguido ciudadano de Wiltshire que fue abatido a tiros tras el aviso de la conocida escultora Amanda Watts, a la cual había secuestrado y tenía retenida en una especie de cobertizo no muy lejos de las ruinas de Stonehenge, en los alrededores de una de sus propiedades. Como podéis apreciar en las imágenes, el asesino había reconstruido una réplica exacta a pequeña escala con esculturas y piedras de igual similitud, dentro de las cuales, se han hallado los cuerpos de tres hombres, Ted Waltman, Giovanni Corleone y Jacob Castro, que llevaban en paradero desconocido un mes, aproximadamente. En el lugar, se hallaba también el teniente del cuerpo de policía de Wiltshire, James Bird, el cual sigue aún con vida, pero se encuentra en estado crítico en la Unidad de Cuidados Intensivos del Hospital de Wiltshire, junto a Amanda Watts y la esposa del asesino, que fue encontrada con un tiro en la pierna derecha en la escena del crimen. También se ha encontrado una fosa común dónde había más de veinte cuerpos, todos ellos aparentemente de mujeres. Uno de los cuales, que no llevaría enterrado más de veinticuatro horas, pertenecía a una mujer de aproximadamente treinta años de edad, que fue degollada y violada. En estos momentos se está procediendo a la identificación de las víctimas, lo que será una ardua tarea, ya que algunos de estos cuerpos, según el médico forense encargado de este caso, podrían llevar años enterrados bajo estas ficticias ruinas, a juzgar por el estado de descomposición de los huesos. Iremos informando los nombres de las víctimas, según nos vayan facilitando los datos los investigadores del caso.

Al parecer, las coordenadas del enclave de esta edificación eran la clave para descifrar los mensajes que había estado recibiendo la escultora Amanda Watts para encontrar a los tres desaparecidos que han sido hallados sin vida en el interior de las esculturas. Según cuentan nuestras fuentes, el supuesto asesino quería ser el impulsor de un cambio en el rumbo de la humanidad, siguiendo las escrituras de un antiguo manuscrito encontrado en unos pasadizos no muy lejanos a Stonehenge. Tomy Brandstow, un ciudadano de Wiltshire aparentemente normal, que traspasó la fina línea de la cordura.

Un espeluznante suceso que nos deja con un amargo sabor de boca y con la incertidumbre de quién será el siguiente que pretenda salvarnos de otro fin del mundo y acabe exterminando a la raza humana en el intento.

Retransmitiendo desde el lugar de los hechos, Sara Walker, que estará de nuevo con ustedes mañana en el informativo del mediodía.

SEIS MESES MÁS TARDE

—¿Quién lo hubiera dicho?, ¿verdad? Parecemos una familia.

—La niña se merecía tener una buena vida.

—Por supuesto que sí, James. Hiciste lo correcto.

—Si no hubiera sido por la carta y por la hermana Clarín, no creo que hubiera vuelto a verla.

—Es encantadora, aunque un poco bicho. ¡Luna, ven aquí!, no te subas ahí.

—Déjala, no le va a pasar nada, eres demasiado sobreprotectora con ella.

—¿Quién fue a hablar?, don perfecto.

—Amanda, deberías aprender a relajarte.

—¡Luna! Te he dicho que vengas aquí.

—Toy aquí, Amanda, ¿me ves?

—Tienes razón, James.

—¡Gracias a Dios! ¡Luna! ¿Qué te apetece cenar hoy?

—¡Pizza!

—¡Pizza?

—Sí, sí, sí, ¡Pizza, pizza!

—¿Y a ti, mi amor?

—Lo que vosotros queráis.

—¡Pues nos vamos todos a comer pizza!

—¡Sí, sí, sí! ¡Y seremos felices, felices, felices! ¡Y estaremos juntos, juntos, juntos! ¡Para siempre, siempre, siempre jaaaaaamássssss!

¡Cuán delgada es la línea entre la cordura y la enajenación mental! Mentes enajenadas que matan por amor; amores obsesivos, no correspondidos que quieren a toda costa; amores imposibles a los que no queremos renunciar; amores degradantes sin ningún atisbo de futuro; amor de madre; amor de amantes; amores engañosos que algunos no ven y dejan pasar; amores verdaderos que perduran en el tiempo.

AMOR... tan buscado como odiado, tan deseado como repudiado. Hay a quienes enajena y a quienes envenena; pero a todos, sin distinción, nos embauca en las redes de la perdición.